मजरूह सुलतानपुरी

लोकप्रिय शायर और उनकी शायरी

मजरूह सुलतानपुरी

संपादक : प्रकाश पंडित
सह-संपादक : सुरेश सलिल

मजरूह सुलतानपुरी की ज़िन्दगी और उनकी बेहतरीन
ग़ज़लें, नज़्में, शे'र और फ़िल्मी गीत

राजपाल

ISBN : 978-93-5064-199-6

संस्करण : 2016 © राजपाल एण्ड सन्ज़

MAJROOH SULTANPURI (Life-Sketch and Poetry)
Editor : Prakash Pandit, Associate Editor : Suresh Salil

राजपाल एण्ड सन्ज़

1590, मदरसा रोड, कश्मीरी गेट-दिल्ली-110006
फोनः 011-23869812, 23865483, फैक्सः 011-23867791
website : www.rajpalpublishing.com
e-mail : sales@rajpalpublishing.com

क्रम

जीवनी	7	साथी न कोई मंज़िल	105
ग़ज़लें (1-43)	15	तस्वीर तेरी दिल में...	106
नज़्में	**73**	तुम बिन जाऊँ कहाँ	107
बारियाबी*	75	अब क्या मिसाल दूँ मैं	108
पिछले पहर	76	दर्द की ऐ रात गुज़र जा	109
क़ाफ़िले	77	तू कहे अगर जीवन भर मैं	110
शे'र और क़त्अ	**79**	ठंडी हवा काली घटा	111
फ़िल्मी गीत	**87**	न तुम हमें जानो...	112
जब दिल ही टूट गया	89	कोई हमदम न रहा...	113
उठाये जा उनके सितम	90	ये रातें, ये मौसम...	114
जब नामे मुहब्बत ले के...	91	मेरे जीवन साथी...	115
जा रे, जा रे उड़ जा रे पंछी	92	पग ठुमक चलत बल खाये	116
हमारे बाद अब महफ़िल में	93	ऐ लो मैं हारी पिया	117
ग़म दिये मुस्तकिल	94	कोई आया धड़कन कहती है	118
ये माना दिल जिसे ढूँढे	95	है अपना दिल तो आवारा	119
तुझे क्या सुनाऊँ मैं दिलरुबा	96	झूम झूम के नाचो आज	120
चाँद फिर निकला, मगर तुम...	97	छुपा लो यूँ दिल में प्यार मेरा	121
रहते थे कभी जिनके दिल में	98	हुई शाम उनका खयाल आ गया	122
चाहूँगा मैं तुझे साँझ सवेरे	99	रुक जाना नहीं तू कहीं हार के	123
पहले सौ बार इधर	100	हम हैं राही प्यार के	124
हमीं करें कोई सूरत	101	अब तो है तुझसे हर खुशी अपनी	125
जलते हैं जिसके लिए...	102	चुरा लिया है तुमने जो दिल को	126
मोहब्बत से देखा, ख़फ़ा हो गए	103	पहला नशा पहला खुमार	127
पत्थर के सनम	104	पापा कहते हैं बड़ा नाम करेगा	128

जीवनी

वही 'मजरूह', समझे सब जिसे आवारा-ए-जुल्मत [1]
वही है एक शमए-सुख़ का [2] परवाना बरसों से

बम्बई में यह 25 दिसम्बर, 1958 की रात है। और यह उर्दू के प्रसिद्ध प्रगतिशील शायर सरदार जाफ़री का घर है। क्रिसमस की रात मनाने शायर और अदीब आ रहे हैं। क्षण-भर के लिए अफ़सोस होता है कि माँ के आपरेशन के कारण कृशनचन्दर यहां आने के बजाय आज ही दिल्ली चले गये। एक और क्षण के लिए अफ़सोस होता है कि किसी अत्यन्त आवश्यक कार्य के कारण राजेन्द्रसिंह बेदी और ख़्वाजा अहमद अब्बास भी नहीं आ रहे। लेकिन कुछ क्षण बाद यह अफ़सोस खुशी में बदल जाता है जब डाक्टर मुल्कराज आनन्द आ जाते हैं। इस्मत चुग़ताई और उनके पति शाहिद लतीफ़ आ जाते हैं। 'नख़शब' जार्जवी और जांनिसार 'अख़्तर' आ जाते हैं। 'साहिर' लुधियानवी आ जाते हैं। विश्वामित्र 'आदिल' बिना पत्नी के और मजरूह सुलतानपुरी पत्नी सहित आ जाते हैं। गप्पें हो रही हैं। मज़ाक़ हो रहे हैं। डाक्टर आनन्द 'इस्मत' और शाहिद लतीफ़ में झगड़ा कराने की विफल कोशिश कर रहे हैं। 'इस्मत' 'साहिर' और 'मजरूह' में झगड़ा कराने की विफल कोशिश कर रही हैं। यहां तक कि हर कोई हर किसी के साथ झगड़ा कराने की विफल कोशिश कर रहा है। हर कोशिश चूंकि विफल जा रही है इसलिए बला का शोर मच रहा है और टेप-रिकार्डर पर इस ऐतिहासिक बैठक की हर आवाज़ रिकार्ड हो रही है। एकाएक 'मजरूह' की आवाज़ सब आवाज़ों पर छा जाती है। फिर धीरे-धीरे सब आवाज़ें उसकी आवाज़ में विलीन हो जाती हैं और सब-के-सब उसकी ग़ज़ल पर सिर धुनने लगते हैं।

---

1. अंधेरों में भटकने वाला 2. (सुख़) समाजवादी दीपक का

'मजरूह' ग़ज़ल का शायर है और उसका कहना है कि वह अपनी ग़ज़लों में इस बात को साबित कर देता है कि मौजूदा ज़माने के मसाइल (समस्याओं) को शायराना रूप देने के लिए ग़ज़ल नामौजूं (अनुपयुक्त) नहीं है, बल्कि कुछ ऐसी मंज़िलें भी हैं जहां सिर्फ़ ग़ज़ल ही शायर का साथ दे सकती है। हालांकि उर्दू के एक समालोचक कलीम-उल्ला की नज़र में ग़ज़ल एक नीम-वहशी (अर्धसभ्य) काव्य-रूप है और कुछ वर्ष पूर्व कुछ प्रगतिशील साहित्यकारों ने भी इसे मरते हुए सामन्ती समाज का अंग और केवल आत्मभाव (subjectiveness) का चमत्कार कहकर इसके उन्मूलन की मांग की थी।

लगभग इसी प्रकार की एक मांग रूस की क्रान्ति से पहले कुछ क्रान्तिकारी युवकों ने भी की थी। वे अतीत की समस्त अच्छी-बुरी परम्पराओं को रूढ़ि और सामन्त-काल की जूठन कहकर उन्हें समाप्त कर डालने पर तुल गये थे और इस सम्बन्ध में कोई सैद्धान्तिक युक्ति भी सुनने को तैयार न थे। अतएव जब वहां के महान लेखक तुर्गनेव ने अपने उपन्यासों में ऐसे संकीर्णतावादी पात्रों को प्रस्तुत करना और उनका खेदजनक परिणाम दिखाना शुरू किया तो उन युवकों ने उसे रूढ़िवादी, प्रतिक्रियावादी, बल्कि क्रान्ति-विरोधी तक कह डाला और मुतालबा किया कि उसकी समस्त पुस्तकों को जलाकर राख कर दिया जाए क्योंकि उनके अध्ययन से क्रान्तिकारी युवकों के भटकने की सम्भावना है।

क्रान्ति से छिछला लगाव रखने वाले भारतीय लेखक भी ग़ज़ल के प्रति अपना रोष प्रकट करते हुए इस तात्विक सिद्धांत को भूल गये कि हर नई चीज़ पुरानी कोख से जन्म लेती है। भाषा तथा साहित्य और संस्कृति तथा सभ्यता से लेकर शारीरिक वस्त्रों तक कोई चीज़ शून्य में आगे नहीं बढ़ती बल्कि इसे अपने पिछले फ़ैशन का सहारा लेना पड़ता है। और जहां तक आत्मभाव का संबंध है, आत्मभाव किसी चिकने घड़े का नाम नहीं है बल्कि आत्मभाव भी पदार्थ-विषयता का प्रतिबिम्ब होती है। अपने मन की दुनिया में रहना किसी पागल के लिए तो सम्भव है लेकिन कोई चेतन व्यक्ति बाह्य परिस्थितियों से प्रभावित हुए बिना नहीं रह सकता। इन जोशीले लेकिन विमूढ़ साहित्यकारों के बारे में, जो पुरानेपन के इतने विरोधी थे, उर्दू के एक समालोचक ने बिलकुल ठीक लिखा है कि "उन्होंने टब के गंदले पानी के साथ-साथ टब और बच्चे को भी फेंक देने की ठान ली थी।"

सौभाग्यवश उर्दू के उन संकीर्णतावादी साहित्यकारों ने बहुत शीघ्र अपनी भूल स्वीकार कर ली और साहित्य, इतिहास और सामाजिक परिस्थितियों के गहरे

अध्ययन और निरीक्षण के बाद अब वे बच्चे और टब को नहीं, केवल टब के गंदले पानी को फेंकने और उसकी जगह निर्मल और स्वच्छ पानी भरने के लिए प्रयत्नशील हैं।

यह ठीक है कि उर्दू शायरी का एक विशेष रूप होने के कारण ग़ज़ल की कुछ अपनी विशेष परम्पराएं हैं और वह सामन्त-काल की उपज है, लेकिन इसका यह मतलब नहीं है कि ग़ज़ल की परम्पराओं में कोई परिवर्तन नहीं हुआ या नहीं हो सकता। विश्व, समाज और मानव-जीवन की प्रत्येक वस्तु की तरह ग़ज़ल की परम्पराओं में भी बराबर परिवर्तन होता रहा है और 'मीर', 'सौदा', 'दर्द', 'मोमिन', 'ग़ालिब', 'दाग़' के कलाम के क्रमशः अध्ययन से हम इस परिवर्तन या विकास की रूप-रेखा देख सकते हैं। जागीरदारी के पतन और इस कारण ग़ज़ल की अधोगति के बाद बीसवीं सदी में जिन शायरों ने ग़ज़ल की रूढ़िगत परम्पराओं में परिवर्तन लाने के सफल प्रयत्न किये, उनमें 'हसरत' मोहानी, 'इक़बाल', 'जिगर', 'फ़िराक़', 'मजाज़', 'फ़ैज़', और 'जज़्बी' के नाम सबसे ऊपर हैं। इस प्रसंग में 'मजरूह' सुलतानपुरी ग़ज़ल के क्षेत्र में नवागन्तुक है।

'मजरूह' सुलतानपुरी ग़ज़ल के क्षेत्र में नवागन्तुक अवश्य है लेकिन अनाड़ी नहीं। उर्दू ग़ज़ल के शयनागार में वह एक सिमटी-सिमटाई लजीली दुल्हन की तरह नहीं बल्कि एक निडर और बेबाक दूल्हे की तरह दाख़िल हुआ है और कुछ ऐसे स्वाभिमान के साथ दाख़िल हुआ है कि शयनागार का मदमाता वातावरण चकाचौंध प्रकाश में परिवर्तित हो गया है।

इस सम्बन्ध में 'मजरूह' के कविता-संग्रह 'ग़ज़ल' में 'मजरूह' का परिचय कराते हुए सरदार जाफ़री ने बिलकुल ठीक ही लिखा है कि :

''एक और खुसूसियत (विशेषता) जो 'मजरूह' को आम ग़ज़ल-गो शायरों से मुम्ताज़ (विशिष्ट) करती है, यह है कि उसने समाजी और सियासी मौजूआत (विषयों) को बड़ी कामयाबी के साथ ग़ज़ल के पैराया (शैली) में ढाल लिया है। आम तौर पर ग़ज़लगो शायर समाजी और सियासी मौजूआत के बयान में फीके-सीठे हो जाते हैं या उनका अन्दाज़े-बयां (वर्णन-शैली) ऐसा हो जाता है कि नज़्म और ग़ज़ल का फ़र्क़ बाक़ी नहीं रहता। 'मजरूह' के यहां यह बात नहीं है।''

और इसी कविता-संग्रह की प्रस्तावना में स्वर्गीय क़ाज़ी अब्दुल ग़फ़्फ़ार लिखते हैं :

''हिन्दोस्तान की नौजवान नस्ल के आतिशख़ाने (अग्निकुंड) से जो चिंगारियां निकल रही हैं, उनमें एक बहुत रौशन चिंगारी 'मजरूह' सुलतानपुरी है, जिसने

तग़ज़्ज़ुल के वज्दान (अंतःप्रेरणा) में अपनी बेताब रूह को उरियां (नग्न) किया है। उसका शुमार (गणना) उन तरक्क़ीपसंद (प्रगतिशील शायरों में होता है जो कम कहते हैं और (शायद इसीलिए) बहुत अच्छा कहते हैं। ग़ज़ल के मैदान में उसने वह सब कुछ कहा है जिसके लिए बाज़ तरक्क़ीपसंद शायर सिर्फ़ नज़्म का ही पैराया ज़रूरी और नागुज़ीर (अनिवार्य) समझते हैं। सही तौर पर उसने ग़ज़ल के क़दीम (पुराने) शीशे में (बोतल में) एक नई शराब भर दी है।''

ग़ज़ल के क़दीम शीशे में नई शराब यों ही नहीं भर गई। इसके लिए 'मजरूह' को कड़ी तपस्या करनी पड़ी है। शिक्षा के अभाव के बावजूद उसने राजनीतिक बोध की प्राप्ति और सामाजिक विकास और गति के नियमों को समझने के लिए घोर परिश्रम किया है, तब जा कर उसकी शायरी में उस यथार्थवादी की झलक आ पाई है जिसके बिना कोई शायर बड़ा शायर नहीं कहला सकता। अतएव जब वह कहता है कि :

बचा लिया मुझे तूफ़ां की मौज ने वर्ना
किनारे वाले सफ़ीना[1] मेरा डुबो देते
या
मेरे काम आ गईं आख़िरश[2] यही काविशें[3] यही गर्दिशें
बढ़ीं इस क़दर मेरी मंज़िलें कि क़दम के ख़ार[4] निकल गये

तो केवल इतना ही नहीं कि 'मजरूह' हमें ग़ज़ल की प्राचीन परम्पराओं का उत्तराधिकारी नज़र आता है बल्कि उसके यहां हमें ऐतिहासिक सचाइयों की भी बड़ी सुन्दर झलक मिलती है। ख़िज़ां, बहार, साक़ी, महफ़िल, शराब, पैमाना, गुल, गुलिस्तां, सय्याद इत्यादि शब्दों से, जो प्राचीन ग़ज़ल के 'पात्र' हैं, 'मजरूह' ने बड़ी कला-कौशलता से अपना काम निकाला है। इन शब्दों को पहनाया हुआ उसका नया अर्थ इस बात का अकाट्य प्रमाण है कि शायरी के अन्य रूपों की तरह ग़ज़ल भी एक लिबास है जो विचारों के शरीर को ढांपता है और अपनी तराश-ख़राश और रंग-रूप के आधार पर किसी भी दूसरे लिबास से कम सुन्दर नहीं। 'मजरूह' ने आवश्यकतानुसार इस लिबास में कुछ नये शब्दों द्वारा और भी रंगीनी और खूबसूरती पैदा करने की कोशिश की है। अपनी इस कोशिश में कहीं-कहीं तो वह बहुत सफल रहा है। उदाहरणस्वरूप, पूंजीवाद के प्रति अपनी

---

1. नाव 2. आख़िर 3. प्रयत्न 4. कांटे

घृणा प्रकट करते हुए उसके सबसे बड़े लक्षण 'बैंक' को वह इस प्रकार अपने शे'र में बांधता है :

जबीं पर [1] ताजे-ज़र [2], पहलू में ज़िंदां [3], बैंक छाती पर
उठेगा बेकफ़न कब ये जनाज़ा हम भी देखेंगे

और क्रान्ति का स्वागत करते हुए वह ज़मीन, हल, जौ के दाने, और कारख़ाने ऐसे शब्दों को, जो, नज़्म में तो किसी तरह खप सकते हैं लेकिन, ग़ज़ल की नाजुक कमर इनका बोझ मुश्किल ही से उठा सकती है, बड़ी शान से यों प्रयोग में लाता है :

अब ज़मीन गायेगी हल के साज़ पर नग़्मे
वादियों में नाचेंगे हर तरफ़ तराने-से
अहले-दिल उगायेंगे ख़ाक से महो-अंजुम [4]
अब गुहर [5] सुबक [6] होगा जौ के एक दाने से
मनचले बुनेंगे अब रंगो-बू के पैराहन [7]
अब संवर के निकलेगा हुस्न कारख़ाने से

लेकिन कभी-कभी नये शब्दों के प्रयोग की धुन में और राजनीति-सम्बन्धी सामयिक आन्दोलनों की धारा में बहकर वह कला की दृष्टि से असफल भी रहता है और उस कोमल सम्बन्ध को भुला देता है जो राजनीतिक बोध और उसके कलात्मक वर्णन के बीच होना चाहिए। उसके ऐसे शे'र देखिये :

अम्न का झंडा इस धरती पर, किसने कहा लहराने न पाये
ये भी कोई हिटलर का है चेला, मार के साथी जाने न पाये

इस श्रेणी के शे'र यद्यपि उसके यहां आटे में नमक के बराबर हैं फिर भी मेरे तुच्छ विचार में 'मजरूह' को इस प्रकार के वर्णन से पहलू बचाना चाहिये, क्योंकि यह भी कुछ उसी प्रकार की संकीर्णता है, जिसने रूस के महान कलाकार तुर्गनेव को क्रान्तिविरोधी ठहराया था और क्रान्ति-आन्दोलन में योग देने की बजाय क्रान्ति को हानि पहुंचाई थी।

आधुनिक उर्दू ग़ज़ल का यह क्रान्तिवादी शायर, जो अपने साधारण जीवन में बड़ा सौन्दर्य-प्रेमी है, कभी भद्दे वस्त्र नहीं पहनता, कभी भद्दा खाना नहीं खाता,

---

1. माथे पर 2. पूंजी-रूपी ताज 3. जेलख़ाना 4. चाँद-सितारे 5. मोती 6. हल्का (कम क़ीमत का) 7. लिबास

भद्दे मकान में नहीं रहता, भद्दी पुस्तकें नहीं रखता, भद्दी बातें नहीं करता और इसीलिए बहुत कम भद्दे शे'र कहता है, ज़िला आज़मगढ़ के एक क़स्बे निज़ामाबाद में पैदा हुआ और हकीम बनते-बनते संयोग से शायर बन गया। उसकी जीवनी उसकी अपनी ज़बान से सुनिये :

"मैं एक पुलिस कांस्टेबल का बेटा हूं, जो मुलाज़मत के दौरान आज़मगढ़ (यू.पी.) में रहे और वहीं निज़ामाबाद में 1919 में मेरी पैदाइश हुई और मैंने अपनी इब्तिदाई तालीम (उर्दू, फ़ारसी, अरबी) वहीं हासिल की। 1930 में मैं आज़मगढ़ से क़स्बा टांडा, ज़िला फ़ैज़ाबाद आया और वहां अरबी दर्स निज़ामिया की तकमील (पूर्ति) करनी चाही लेकिन कर नहीं सका और इलाहाबाद यूनीवर्सिटी के अरबी इम्तिहानों 'मौलवी', 'आलिम', 'फ़ाज़िल' की फ़िक्र की कि इस ज़रिये से किसी स्कूल में टीचरी मिल सकेगी। लेकिन 'आलिम' तक पढ़कर उसे भी छोड़ दिया और तिब्ब (चिकित्सा-शास्त्र) की तकमील के लिए लखनऊ आया और यहां अरबी ज़बान में तिब्ब की तकमील की। यह ज़माना 1938 का है। चन्द महीनों तक मतब (औषधालय) किया लेकिन चूंकि सुलतानपुर में कुछ शे'र-ओ-अदब की भी चर्चा थी इसलिए मुझ में भी शे'र कहने का शौक पैदा हुआ। 1941 में 'जिगर' मुरादाबादी ने मुझे मुशायरे में सुना और अपने साथ लेकर कई एक मुशायरों में गये। इस दौरान उन्होंने मुझे दो बातें बताईं। उनमें से एक यह थी कि अगर किसी का कोई अच्छा शे'र सुनो तो कभी नक़ल न करो बल्कि जो गुज़रे (आत्मानुभव हो) वही कहो। बाक़ायदा इस्लाह (संशोधन) मैंने किसी से नहीं ली। बिल्कुल शुरू की दो ग़ज़लों पर 'आसी' साहब मरहूम से इस्लाह ली थी। लेकिन वे ग़ज़लें मेरे हाफ़िज़े (मस्तिष्क) में बिल्कुल नहीं हैं। 1945 में एक मुशायरे के सिलसिले में बम्बई आया और यहीं फ़िल्मों के गीत वग़ैरा लिखने लगा और अब तक यहीं हूं। 1947 से अंजुमने- तरक्क़ीपसंद-मुसन्नफ़ीन (प्रगतिशील लेखक संघ) सेवाबस्ता हूं

---

1. इससे पूर्व 'मजरूह' प्रगतिशील धारणा से सहमत नहीं था। अर्थात् वह साहित्य और कला के सामाजिक उद्देश्य का पक्षपाती न था। लेकिन सरदार जाफ़री के कथनानुसार एक बार जब 'मजरूह' अजन्ता और एलोरा देखने गया तो अजन्ता में गौतम बुद्ध की शिक्षा, जीवन और उस काल के वातावरण के चित्रण ने 'मजरूह' को स्तब्ध कर दिया और उसी समय से उसे विश्वास हो गया कि सामाजिक उद्देश्य के बिना महान कला जन्म नहीं ले सकती। उसने कहा, "अजन्ता फ़न (कला) का आलातरीन (महानतम्) नमूना है। फिर भी प्रौपेगंडा है। वह जाविदां (अमर) इसलिए है कि उसने रूहे-अस्र (युग की आत्मा) को असीर (बन्दी) कर लिया है।" यही ख़याल बाद को इस शे'र में इस तरह ढल गया : →

और रोज़-ब-रोज़ (अगरचे फुर्सत कम मिलती है) इसी कोशिश में हूं कि ग़ज़ल के पस मंज़र (पृष्ठ-भूमि) में मार्कसिज़्म को रखकर समाजी, सियासी और इश्क़िया शायरी कर सकूं। चुनांचे कुछ लोग कहते हैं कि मैं अच्छा शायर हूं और कुछ लोग कहते हैं कि अच्छा आदमी हूं। तुम मुझे दोनों एतिबार से जानते हो, जो चाहो फ़ैसला कर लो।''

इस सम्बोधन का 'तुम' चूंकि 'मैं' हूं इसलिए मेरा फ़ैसला यह है कि 'मजरूह' आदमी भी बहुत अच्छा है और शायर भी बहुत प्रतिभाशाली।

मजरूह सुलतानपुरी ने पचास से ज़्यादा सालों तक हिन्दी फिल्मों के लिए गीत लिखे। यह काम इतने लम्बे समय तक शायद किसी और ने कभी नहीं किया। आज़ादी मिलने से दो साल पहले वे एक मुशायरे में हिस्सा लेने बम्बई गए थे और तब उस समय के मशहूर फिल्म-निर्माता कारदार ने उन्हें अपनी नई फिल्म 'शाहजहाँ' के लिए गीत लिखने का अवसर दिया था। दरअस्ल उनका चुनाव एक प्रतियोगिता के द्वारा किया गया था। इस फिल्म के गीत प्रसिद्ध गायक सहगल ने गाए थे और बात की बात में गीतों के साथ गीतकार भी मशहूर हो गया। ये गीत थे–'ग़म दिए मुस्तकिल' और 'जब दिल ही टूट गया' जो आज भी बहुत लोकप्रिय हैं। इनके संगीतकार नौशाद साहब थे। मजरूह के साथ उनकी दोस्ती खूब जमी।

जिन फिल्मों के लिए आपने गीत लिखे उनमें से कुछ के नाम हैं–सी.आई.डी., चलती का नाम गाड़ी, नौ-दो ग्यारह, पेइंग गेस्ट, काला पानी, तुम सा नहीं देखा, दिल देके देखो, दिल्ली का ठग इत्यादि।

पण्डित नेहरू की नीतियों के खिलाफ एक जोशीली कविता लिखने के कारण आपको सवा साल जेल में रहना पड़ा। इस अवधि में राजकपूर ने उनकी बड़ी मदद की। 1994 में उन्हें फिल्म जगत के सर्वोच्च सम्मान दादा साहब फालके

→   *नवा है जाविदां 'मजरूह' जिसमें रूहे-साअ़त हो*
     कहा किसने मेरा नग़्मा ज़माने के चलन तक है
बाद में अपनी प्रगतिशील शायरी का उसे दंड भी मिला–पूरे एक वर्ष का कारावास! लेकिन एक बार जो कुलाह कज हुई [1] फिर :
          सर पर हवा-ए-जुल्म [2] चले सौ जतन के साथ
          अपनी कुलाह कज है उसी बांकपन के साथ

---

1. टोपी टेढ़ी हुई 2. अत्याचार की हवा

पुरस्कार' से सम्मानित किया गया। इससे पूर्व 1980 में उन्हें ग़ालिब अवार्ड और 1992 में इक़बाल अवार्ड प्राप्त हुए थे। वे जीवन के अंत तक फिल्मों से जुड़े रहे। जून 2000 में उनका देहांत हो गया।

—प्रकाश पंडित

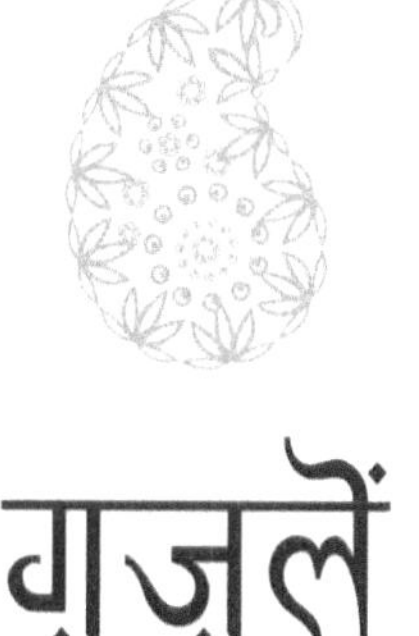

ग़ज़लें

1

कोई आतिश-दर-सुबू[1] शो'ला-ब-जाम[2] आ ही गया
आफ़ताब[3] आ ही गया, माहे-तमाम[4] आ ही गया

मोहतसिब[5]! साक़ी की चश्मे-नीम-वा[6] को क्या करूँ
मैकदे का[7] दर[8] खुला गर्दिश में जाम आ ही गया

इक सितमगर तू कि वजहे-सद ख़राबी[9] तेरा दर्द
इक बलाकश[10] मैं कि तेरा दर्द काम आ ही गया

हम-क़फ़स[11] ! सय्याद की[12] रस्मे-ज़बां-बंदी[13] की ख़ैर
बेज़बानों को भी अंदाज़े-कलाम[14] आ ही गया

क्यों कहूंगा मैं किसी से तेरे ग़म की दास्ताँ
और अगर ऐ दोस्त लब पर[15] तेरा नाम आ ही गया

आख़िरश[16], 'मजरूह' के बे-रंग रोज़ो-शब में वो
सुबहे-आरिज़ पर[17] लिये जुल्फ़ों की शाम आ ही गया

---

1. शराब के मटके में आग लिये 2. प्याले में शोले लिये 3. सूरज 4. पूरा चाँद 5. रसाध्यक्ष
6. अध-खुली आँख 7. शराबख़ाने का 8. दरवाज़ा 9. सैकड़ों ख़राबियों का कारण
10. बेतहाशा पीने वाला 11. एक ही पिंजरे में साथ रहने वाला साथी 12. शिकारी की
13. ज़बान बंद रखने की रीति 14. बोलने का ढंग 15. होंठों पर 16. अंततः 17. कपोलों
के प्रभात पर

2

मसर्रतों को[1] ये अहले-हवस[2] न खो देते
जो हर खुशी में तेरे ग़म को भी समो देते

कहां वो शब[3] कि तेरे गेसुओं के[4] साये में
ख़याले-सुबह से हम आस्तीं भिगो देते

बहाने और भी होते जो ज़िन्दगी के लिए
हम एक बार तेरी आरजू भी खो देते

बचा लिया मुझे तूफ़ां की मौज ने[5], वर्ना
किनारे वाले सफ़ीना[6] मेरा डुबो देते

जो देखते मेरी नज़रों पे बंदिशों के सितम[7]
तो ये नज़ारे मेरी बेबसी पे रो देते

कभी तो यूं भी उमड़ते सरश्के-ग़म[8] 'मजरूह'
कि मेरे ज़ख़्मे-तमन्ना[9] के दाग़ धो देते

---

1. खुशियों को 2. लोलुप 3. रात 4. केशों के 5. लहर ने 6. किश्ती 7. अत्याचार 8. ग़म के आँसू 9. आकांक्षा का घाव

3

ये रुके-रुके से आंसू ये दबी-दबी सी आहें
यूँही कब तलक[1] खुदाया[2] ग़मे-ज़िन्दगी निबाहें

कहीं जुल्मतों में[3] घिरकर है तलाशे-दस्ते-रहबर[4]
कहीं जगमगा उठी हैं मेरे नक्शे-पा से[5] राहें

तेरे ख़ानमां-ख़राबों का[6] चमन कोई न सहरा[7]
ये जहां भी बैठ जायें, वहीं इनकी बारगाहें[8]

कभी जादा-ए-तलब से[9] जो फिरा हूं दिल-शिकस्ता[10]
तेरी आरजू ने हंसकर वहीं डाल दी हैं बाहें

मेरे अ़हद में[11] नहीं है ये निशाने-सुरबुलंदी[12]
ये रंगे हुए अमामे[13] ये झुकी-झुकी कुलाहें[14]

---

1. तक 2. हे भगवान! 3. अंधेरों में 4. पथप्रदर्शक के हाथ (सहारे) की तलाश 5. पदचिह्नों से 6. बेघरों का 7. मरुस्थल 8. शाही महल 9. प्रेम-मार्ग से 10. भग्न हृदय 11. युग में 12. उच्चता या बड़प्पन का चिह्न 13. पगड़ियां 14. टोपियां

4

निगाहे-साक़ी-ए-नामेहरबाँ[1] ये क्या जाने
कि टूट जाते हैं ख़ुद दिल के साथ पैमाने

मिली जब उनसे नज़र बस रहा था एक जहाँ[2]
हटी निगाह तो चारों तरफ़ थे वीराने

हयात[3], लग्ज़िशे-पैहम[4] का नाम है साक़ी
लबों से जाम लगा भी सकूं, ख़ुदा जाने

वो तक रहे थे, हमीं हँस के पी गये आंसू
वो सुन रहे थे, हमीं कह सके न अफ़साने[5]

तबस्सुमों ने[6] निखारा है कुछ तो साक़ी के
कुछ अहले-दिल के[7] संवारे हुए हैं मैख़ाने

ये आग और नहीं, दिल की आग है नादाँ
चिराग़ हो कि न हो, जल बुझेंगे परवाने

फ़रेबे-साक़ी-ए महफ़िल[8] न पूछिये 'मजरूह'
शराब एक है बदले हुए हैं पैमाने

---

1. अकृपालु साक़ी की नज़र 2. जहान, संसार 3. जीवन 4. निरंतर लड़खड़ाहट 5. आत्मकथाएं
6. मुस्कराहटों ने 7. दिल वालों के 8. महफ़िल के साक़ी का धोखा

5

ख़त्म शोरे-तूफ़ां था, दूर थी सियाही भी
दम के दम में अफ़साना थी मेरी तबाही भी

इल्तफ़ात[1] समझूं या बेरुख़ी[2] कहूं इसको
रह गई ख़लिश[3] बनकर उसकी कम-निगाही[4] भी

इस नज़र के उठने में, उस नज़र के झुकने में
नग्मा-ए-सहर[5] भी है आहे-सुबह-गाही[6] भी

याद कर वो दिन जिस दिन तेरी सख़्तगीरी[7] पर
अश्क[8] भर के उड़ी थी मेरी बेगुनाही भी

पस्ती-ए-ज़मीं से[9] है रिफ़अते-फ़लक[10] क़ायम
मेरी ख़स्ता-हाली से[11] तेरी कजकुलाही[12] भी

शमअ़ भी, उजाला भी मैं ही अपनी महफ़िल का
मैं ही अपनी मंज़िल का राहबर[13] भी राही भी

गुंबदों से पलटी है अपनी ही सदा[14] 'मजरूह'
मस्जिदों में की मैंने जाके दाद-ख़्वाही[15] भी

---

1. कृपा 2. विमुखता 3. तपन 4. अल्प दृष्टि 5. प्रभात गीत 6. सुबह की आह 7. सख़्ती
8. आंसू 9. धरती के नीचेपन से 10. आकाश का ऊंचापन 11. दरिद्रता से 12. टेढ़ी टोपी
(ताज, शाही ठाठ) 13. पथ-प्रदर्शक 14. आवाज़ 15. प्रार्थना

6

मुझे सहल हो गईं मंज़िलें, वो हवा के रुख़ भी बदल गये
तेरा हाथ हाथ में आ गया कि चिराग़ राह में जल गये

वो लजाये मेरे सवाल पर कि उठा सके न झुका के सर
उड़ी ज़ुल्फ़ चेहरे पे इस तरह कि शबों के[1] राज़[2] मचल गये

वही बात जो न वो कह सके मेरे शे'र-ओ-नग़्मा में आ गई
वही लब[3] न मैं जिन्हें छू सका क़दहे-शराब में[4] ढल गये

तुझे चश्मे-मस्त[5] पता भी है कि शबाब[6] गर्मी-ए-बज़्म[7] है
तुझे चश्मे-मस्त ख़बर भी है कि सब आबगीने पिघल गये

उन्हें कब के रास भी आ चुके तेरी बज़्मे-नाज़ के हादिसे
अब उठे कि तेरी नज़र फिरे जो गिरे थे गिर के संभल गये

मेरे काम आ गई आख़िरश[8] यही काविशें[9] यही गर्दिशें[10]
बढ़ीं इस क़दर मेरी मंज़िलें कि क़दम के[11] ख़ार[12] निकल गये

---

1. रातों के 2. भेद 3. होंठ 4. शराब के प्याले में 5. मस्त आंख 6. यौवन
7. महफ़िल की गर्मी 8. अंततः 9. प्रयत्न 10. चक्कर 11. पांव के 12. कांटे

7

आहे-जांसोज़[1] की महरूमी-ए-तासीर[2] न देख
हो ही जायेगी कोई जीने की तद्बीर[3] न देख

हादिसे[4] और भी गुज़रे तेरी उल्फ़त के[5] सिवा
हां ! मुझे देख मुझे, अब मेरी तस्वीर न देख

ये ज़रा दूर पे मंज़िल, ये उजाला, ये सुकूँ[6]
ख़्वाब को देख अभी ख़्वाब की ताबीर[7] न देख

देख ज़िंदाँ से[8] परे रंगे-चमन, जोशे-बहार
रक्स[9] करना है तो फिर पांव की ज़ंजीर न देख

कुछ भी हूँ फिर भी दुखे दिल की सदा[10] हूं नासेह[11]
मेरी बातों को समझ, तल्ख़ी-ए-तक़रीर[12] न देख

वही 'मजरूह' वही शायरे-आवारा-मिज़ाज[13]
कौन उड्ा है तेरी बज़्म से[14] दिलगीर[15], न देख

---

1. जान को जला डालने वाली आह 2. प्रभाव की विफलता 3. युक्ति 4. घटनायें 5. प्रेम के 6. शन्ति 7. स्वप्न-फल 8. कारागार से 9. नृत्य 10. आवाज़ 11. धर्मोपदेशक 12. कटु वार्ता 13. आवारा स्वभाव का शायर 14. महफ़िल से 15. दुखित

8

लिये बैठा है दिल इक अज़्मे-बेबाकाना[1] बरसों से
कि इसकी राह में हैं काबा-ओ-बुतख़ाना बरसों से

दिले-सादा न समझा, मासिवा-ए-पाकदामानी[2]
निगाहे-यार कहती है कोई अफ़साना बरसों से

गुरेज़ाँ[3] तो नहीं तुझसे मगर तेरे सिवा दिल को
कई ग़म और भी हैं ऐ ग़मे-जानाना[4] बरसों से

मुझे ये फ़िक्र सब की प्यास अपनी प्यास है, साक़ी
तुझे ये ज़िद कि ख़ाली है मेरा पैमाना बरसों से

हज़ारों माहताब[5] आए हज़ारों आफ़ताब[6] आये
मगर हमदम[7] वही है जुल्मते-ग़मख़ाना[8] बरसों से

वही 'मजरूह', समझे सब जिसे आवारा-ए-जुल्मत[9]
वही है एक शमए-सुर्ख़ का[10] परवाना बरसों से

---

1. उद्दण्ड संकल्प 2. पवित्रता के सिवा 3. उदासीन 4. प्रेयसी (प्रेम) के ग़म 5. चांद 6. सूरज
7. साथी 8. शोक-भरे घर का अंधकार 9. अंधेरों में भटकने वाला 10. सुर्ख़ (समाजवादी)
दीपक का

9

दूर-दूर मुझ से वो इस तरह ख़िरामाँ है[1]
हर क़दम है नक्शे-दिल[2] हर निगह रगे-जां[3] है

बन गई है मस्ती में दिल की बात हंगामा
क़तरा थी जो साग़र में[4] लब पे[5] आके तूफ़ां है

हम तो पा-ए-जानां पर[6] कर भी आये इक सिज्दा[7]
सोचती रही दुनिया कुफ़्र है कि ईमाँ है

मेरे शिक्वा-ए-ग़म से[8] आलमे-नदामत में[9]
उस लबे-तबस्सुम पर[10] शमअ-सी फ़ुरोज़ां[11] है

मुन्तज़र[12] हैं फिर मेरे हादिसे ज़माने के
फिर मेरा जुनूं[13] तेरी बज़्म में ग़ज़ल-ख़्वां है[14]

फ़िक्र क्या उन्हें जब तू साथ है असीरों के[15]
ऐ ग़मे-असीरी[16] तू खुद शिकस्ते-ज़िंदां[17] है

अपनी-अपनी हिम्मत है अपना-अपना दिल 'मजरूह'
ज़िन्दगी भी अर्ज़ां[18] है, मौत भी फ़रावां[19] है

---

1. धीमी चाल से चल रहे हैं 2. हृदय का चित्र 3. जीवन की नाड़ी 4. प्याले में 5. होंठों
पर 6. प्रेयसी के पैरों पर 7. प्रणाम 8. ग़म (देने) की शिकायत से 9. पश्चात्ताप करते हुए
10. मुस्कराते होंटों पर 11. प्रकाशमान 12. प्रतीक्षक 13. उन्माद 14. गीत गा रहा है
15. क़ैदियों के 16. क़ैद का ग़म 17. कारागार का टूटना 18. सस्ती 19. प्रचुर

10

डरा के मौज-ओ-तलातुम से[1] हमनशीनों को[2]
यही तो हैं जो डुबोया किये सफ़ीनों को[3]

शराब हो ही गई है बक़द्रे-पैमाना[4]
ब-अज़्मे-तर्क[5] निचोड़ा जो आस्तीनों को

जमाले-सुबह[6] दिया रू-ए-नौबहार[7] दिया
मेरी निगाह भी देता खुदा हसीनों को

हमारी राह में आये हज़ार मैख़ाने
भुला सके न मगर होश के क़रीनों[8] को

कभी नज़र भी उठाई न सू-ए-बादा-ए-नाब[9]
कभी चढ़ा गये पिघला के आबगीनों को[10]

हुए हैं क़ाफ़िले जुल्मत की[11] वादियों में रवाँ
चिराग़े-राह[12] किये खूंचकां[13] जबीनों को[14]

तुझे न माने कोई तुझको इससे क्या 'मजरूह'
चल अपनी राह, भटकने दे नुक्ताचीनों को

---

1. तूफ़ान और लहरों से 2. साथियों को 3. किश्तियों को 4. प्याले के अनुसार 5. शराब छोड़ने के संकल्प से 6. सुबह का सौंदर्य 7. नव-वसन्त का मुखड़ा 8. सुरीतियों 9. शराब की ओर 10. पानी के बुलबुलों को 11. अंधकारों की 12. मार्ग का दीपक 13. रक्तारक्त 14. माथों को

11

जो समझाते भी आकर वाइज़े-बरहम[1] तो क्या करते
हम इस दुनिया के आगे उस जहाँ का[2] ग़म तो क्या करते

हरम से[3] मैकदे तक[4] मंज़िले-यक-उम्र[5] थी साक़ी
सहारा गर[6] न देती लग़्ज़िशे-पैहम[7] तो क्या करते

जो मिट्टी को मिज़ाजे-गुल[8] अता[9] कर दें वो ऐ वाइज़[10]
ज़मीं से दूर फ़िक्रे-जन्नते-आदम[11] तो क्या करते

सवाल उनका जवाब उनका सुकूत[12] उनका ख़िताब[13] उनका
हम उनकी अंजुमन में[14] सर न करते ख़म[15] तो क्या करते

जहां 'मजरूह' दिल के हौसले टूटें निगाहों से
वहां करते भी मर्गे-शौक़ का[16] मातम[17] तो क्या करते

---

1. क्रुद्ध धर्मोपदेशक 2. जहान (लोक) का 3. मस्जिद से 4. शराबख़ाने तक 5. आयु भर (चलकर पहुँचने) की मंज़िल 6. अगर 7. निरंतर डगमगाहट 8. फूल की प्रकृति 9. प्रदान 10. धर्मोपदेशक 11. मनुष्य के स्वर्ग की चिन्ता 12. चुप्पी 13. सम्बोधन 14. महफ़िल में 15. झुकाते 16. प्रेम की मृत्यु का 17. शोक

12

अब अहले-दर्द[1] ये जीने का एहतमाम[2] करें
उसे भुला के ग़मे-ज़िन्दगी का नाम करें

फ़रेब खा के उन आंखों का कब तलक ऐदिल
शराबे-ख़ाम[3] पियें, रक़्से-नातमाम[4] करें

ग़मे-हयात ने[5] आवारा कर दिया वर्ना
थी आर्जू कि तेरे दर पे[6] सुबह-ओ-शाम करें

न देखें दैरो-हरम[7] सू-ए-रहरवाने-हयात[8]
ये क़ाफ़िले तो न जाने कहां क़याम करें[9]

हैं इस कशाकशे-पैहम में[10] ज़िन्दगी के मज़े
फिर एक बार कोई सऔी-ए-नातमाम[11] करें

सिखायें दस्ते-तलब को[12] अदा-ए-बेबाकी[13]
पयामे ज़ेर-लबी को[14] सला-ए-आम[15] करें

---

1. दर्द वाले (आशिक़) 2. प्रबंध 3. कच्ची शराब 4. अधूरा नृत्य 5. जीवन के ग़म ने
6. दरवाज़े पर 7. मन्दिर, मस्जिद 8. जीवन के पथिकों की ओर 9. ठहरें 10. निरन्तर संघर्ष
में 11. अधूरा प्रयत्न 12. मांगने वाले हाथ को 13. बेझिझकी का ढंग 14. होंठों में दिये हुए
संदेश को 15. सब के लिए पुकार

ग़ुलाम रह चुके तोड़ें ये बन्दे-रुसवाई[1]
ख़ुद अपने बाजु-ए-मेहनत का[2] एहतराम[3] करें

ज़मीं को मिल के संवारें मिसाले-रूए-निगार[4]
रुख़े-निगार की[5] जौ से[6] फ़ुरोग़े-बाम[7] करें

फिर उठ के गर्म करें कारोबारे-जुल्फ़ो-जुनूँ[8]
फिर अपने साथ उसे भी असीरे-दाम[9] करें

मेरी निगाह में[10] है अर्ज़े-मास्को[11] 'मजरूह'
वो सरज़मीं[12] कि सितारे जिसे सलाम करें

---

1. बदनामी की ज़ंजीर 2. परिश्रम करने वाली बाँहों का 3. आदर 4. सुन्दरी के चेहरे की तरह 5. सुन्दरी के चेहरे की 6. चमक से 7. छत की शोभा 8. प्रेमोन्माद में प्रेयसी की ज़ुल्फ़ों से उलझना 9. जाल में क़ैद 10. नज़र में 11. मास्को की धरती (रूस) 12. धरती

13

तक़दीर का शिकवा बेमानी, जीना ही तुझे मन्ज़ूर नहीं
आप अपना मुक़द्दर[1] बन न सके इतना तो कोई मजबूर नहीं

ये महफ़िले-अहले-दिल[2] है यहां हम सब मैकश[3] हम सब साक़ी
तफ़रीक़[4] करें इन्सानों में इस बज़्म[5] का ये दस्तूर नहीं

जन्नत-ब-निगह[6], तसनीम-ब-लब[7], अंदाज़ उसके ऐ शैख़[8] न पूछ
मैं जिससे मोहब्बत करता हूं, इन्सां है ख़याली हूर नहीं

वो कौन सी सुबहें हैं जिनमें बेदार[9] नहीं अफ़सूं[10] तेरा
वो कौन सी काली रातें हैं जो मेरे नशे में चूर नहीं

सुनते हैं कि कांटे से गुल तक हैं राह में लाखों वीराने
कहता है मगर ये अज़्मे-जुनूं[11] सहरा[12] से गुलिस्तां दूर नहीं

'मजरूह' उठी है मौजे-सबा[13] आसार लिये तूफ़ानों के
हर क़तरा-ए-शबनम[14] बन जाए इक जू-ए-रवां[15] कुछ दूर नहीं

---

1. भाग्य 2. दिल वालों की महफ़िल 3. शराबी 4. भेद-भाव 5. महफ़िल 6. जिसकी आंखों में जन्नत हो 7. होंटों में तसनीम (जन्नत की एक नहर) लिये हुए 8. वयोवृद्ध धर्म-गुरु 9. जगा हुआ 10. जादू 11. उन्माद का संकल्प 12. मरुस्थल 13. प्रभात-समीर का झोंका 14. ओस की बूंद 15. बहती नदी

14

जब हुआ इफ़ाँ[1] तो ग़म आरामे-जाँ[2] बनता गया
सोज़े-जानाँ[3] दिल में सोज़े-दीगराँ[4] बनता गया

रफ़्ता-रफ़्ता[5] मुन्क़लिब[6] होती गई रस्मे-चमन[7]
धीरे-धीरे नग़्मा-ए-दिल[8] भी फ़ुग़ाँ[9] बनता गया

मैं अकेला ही चला था जानिबे-मंज़िल[10], मगर
लोग साथ आते गये और कारवां बनता गया

मैं तो जब मानूं कि भर दे साग़रे-हर ख़ासो-आ़म[11]
यूं तो जो आया वही पीरे-मुग़ाँ[12] बनता गया

जिस तरफ़ भी चल पड़े हम आबला-पायाने शौक़[13]
ख़ार से[14] गुल और गुल से गुलिस्तां बनता गया

शरहे-ग़म[15] तो मुख़्तसर होती गई उसके हुज़ूर[16]
लफ़्ज़ जो मुंह से न निकला दास्तां बनता गया

दहर में[17] ‘मजरूह’ कोई जाविदां[18] मज़मूं[19] कहा
मैं जिसे छूता गया वो जाविदां बनता गया

---

1. ज्ञान 2. सुखद 3. प्रेयसी के लिए तपन 4. दूसरों के लिए तपन 5. शनैः-शनैः 6. परिवर्तित
7. उपवन की परम्परा 8. दिल का नग़्मा 9. आर्त्तनाद 10. मंज़िल की ओर 11. साधारण,
असाधारण व्यक्ति का प्याला 12. वयोवृद्ध साक़ी 13. प्रेम की डगर पर चलते-चलते जिनके
पैरों में छाले पड़ गये हों 14. काँटे से 15. ग़म की व्याख्या 16. सामने 17. संसार में
18. अमर 19. विषय

15

आख़िर ग़मे-जानां को[1] ऐ दिल बढ़ के ग़मे-दौराँ[2] होना था
इस क़तरे को बनना था दरिया इस मौज को[3] तूफ़ाँ होना था

हर मोड़ पे मिल जाते हैं अभी फ़िर्दौसो-जनाँ के[4] शैदाई[5]
तुझ को तो अभी कुछ और हसीं ऐ आलमे-इम्कां[6] होना था

वो जिसके गुदाज़े-मेहनत से[7] पुरनूर[8] शबिस्ताँ[9] है तेरा
ऐ शोख़ उसी बाजू पे तेरी जुल्फ़ों को परीशाँ होना था

आती ही रही है गुलशन में अब के भी बहार आई है तो क्या
है यूं कि क़फ़स के[10] गोशों से[11] एलाने-बहाराँ होना था

आया है हमारे मुल्क में भी इक दौरे-जुलैख़ाई[12] यानी
अब वो ग़मे-ज़िंदां[13] देते हैं जिनको ग़मे-ज़िंदां होना था

अब खुल के कहूंगा हर ग़मे-दिल 'मजरूह' नहीं वो वक़्त कि जब
अश्कों में[14] सुनाना था मुझको आहों में ग़ज़ल-ख़्वां[15] होना था

---

1. प्रेयसी के ग़म को 2. सांसारिक ग़म 3. लहर को 4. जन्नत के 5. आसक्त 6. संभावनापूर्ण संसार 7. परिश्रम से 8. प्रकाशमान 9. शयनागार 10. पिंजरे के 11. कोनों से 12. जुलैखा : मिस्र देश के शासक की रूपवती मलिका जो हज़रत युसुफ़ पर आसक्त हो गई थी। इस सम्बन्ध में उसे बहुत कष्ट भोगने पड़े थे। 13. कारागार का ग़म 14. आंसुओं में 15. गीत गाना

16

आ निकल के मैदाँ में दोरुख़ी के[1] ख़ाने से
काम चल नहीं सकता अब किसी बहाने से

अहदे-इन्क़िलाब[2] आया, दौरे-आफ़ताब[3] आया
मुन्तज़िर थीं ये आंखें जिसकी इक ज़माने से

अब ज़मीन गाएगी हल के साज़ पर नग्मे
वादियों में नाचेंगे हर तरफ़ तराने-से

अहले-दिल उगायेंगे ख़ाक से महो-अंजुम[4]
अब गुहर[5] सुबक[6] होगा जौ के एक दाने से

मनचले बुनेंगे अब रंगो-बू के पैराहन[7]
अब संवर के निकलेगा हुस्न कारख़ाने से

आम होगा अब हमदम सब पे फ़ैज़[8] फ़ितरत का
भर सकेंगे अब दामन हम भी इस ख़ज़ाने से

सुनते हम तो क्या सुनते इक बुजुर्ग की बातें
सुबह को इलाक़ा[9] क्या शाम के फ़साने से

---

1. दुरंगी के 2. क्रान्ति-काल 3. सूरज का युग 4. चांद-सितारे 5. मोती 6. हल्का, अल्प मूल्य का 7. रंग और सुगंधि के लिबास 8. अनुकम्पा 9. सम्बन्ध

मैं कि एक मेहनतकश, मैं कि तीरगी-दुशमन[1]
सुबहे-नौ इबारत है मेरे मुस्कराने से[2]

खुदकुशी ही रास आई देख बदनसीबों को
खुद से भी गुरेज़ां[3] हैं भाग कर ज़माने से

अब जुनूं पे[4] वो साअत[5] आ पड़ी कि ऐ 'मजरूह'
आज ज़ख़्मे-सर बेहतर दिल पे चोट खाने से

---

1. अंधेरे का शत्रु 2. मेरे मुस्कराने से नई सुबह हो जाती है 3. उदासीन 4. उन्माद पर
5. क्षण, वक़्त

17

अहले-तूफ़ां[1] आओ, दिल वालों का अफ़साना कहें
मौज[2] को गेसू[3], भंवर को चश्मे-जानाना[4] कहें

दार[5] पर चढ़कर लगायें नारा-ए-ज़ुल्फ़े-सनम[6]
सब हमें बाहोश[7] समझें चाहे दीवाना कहें

वो शहे-ख़ूबां[8] किधर है, फिर चलें उसके हुज़ूर
ज़िन्दगी को दिल कहें और दिल को नज़राना कहें

थामे उस बुत की कलाई और कहें इस को जुनूं
चूम लें मुंह और इसे अंदाज़े-रिन्दाना[9] कहें

सुख़ीं-ए-मय[10] कम थी मैंने छू लिए साक़ी के होंठ
सर झुका है जो भी अब अरबाबे-मयख़ाना[11] कहें

तशनगी[12] ही तशनगी है किस को कहिये मयकदा[13]
लब[14] ही लब हमने तो देखे किसको पैमाना[15] कहें

---

1. तूफ़ान वालों 2. लहर 3. केश 4. प्रेयसी की आंख 5. फांसी 6. प्रेयसी के केशों का नारा
7. बुद्धिमान 8. सुन्दरियों की सरताज 9. शराबियों का ढंग 10. शराब की लाली 11. मधुशाला
वाले 12. प्यास 13. मधुशाला 14. होंठ 15. प्याला

पारा-ए-दिल[1] है वतन की सरज़मीं मुश्किल ये है
शहर को वीरां कहें या दिल को वीराना कहें

ऐ रुख़े-ज़ेबा[2] बता दे और अभी हम कब तलक
तीरगी[3] को शमअ, तन्हाई को परवाना कहें

आरज़ू ही रह गई 'मजरूह' कहते हम कभी
इक ग़ज़ल ऐसी जिसे तस्वीरे-जानाना[4] कहें

---

1. हृदय का टुकड़ा 2. सुन्दर मुखड़े (वाले) 3. अंधकार 4. प्रेयसी का चित्र

18

दस्ते-मुन्इम[1] मेरी मेहनत का ख़रीदार सही
कोई दिन और मैं रुसवा सरे-बाज़ार[2] सही

बोल कुछ बोल मुक़ैयद[3] लबे-इज़हार[4] सही
सरे-मिंबर[5] नहीं मुमकिन तो सरे-दार[6] सही

फिर भी कहलाऊंगा आवारा-ए-गेसू-ए-बहार[7]
मैं तेरा दामे-ख़िज़ां,[8] लाख गिरफ़्तार सही

आने दे बाग़ के ग़द्दार मेरा रोज़े-हिसाब[9]
मांगे तिनका न मिलेगा यही गुलज़ार[10] सही

जस्त करता हूं[11] तो लड़ जाती है मंज़िल से नज़र
हाइले-राह[12] कोई और भी दीवार सही

ग़ैरते-संग[13] है साक़ी ये गुलू-ए-तिश्ना[14]
तेरे पैमाने में जो मौज[15] है तलवार सही

---

1. पूंजीपति का हाथ 2. बीच बाज़ार में ज़लील 3. बंधन में 4. आत्माभिव्यक्ति करने वाले
होंठ 5. धर्म-मंच पर 6. सूली पर 7. वसन्त-रूपी केशों का आवारा 8. पतझड़ के जाल
9. प्रलय-दिवस (जब सब के पाप-पुण्यों का हिसाब होगा) 10. उपवन 11. छलाँग लगाता हूं
12. मार्ग का बाधक 13. पत्थर के लिए लज्जा 14. प्यासा कंठ 15. शराब की लहर

मैंने देखी है इसी में ग़मे-दौरां की[1] झलक
बेख़बर रंगे-जहां से[2] निगहे-यार[3] सही

उनसे बिछड़े हुए 'मजरूह' ज़माना गुज़रा
अब भी होंठों में वही गर्मी-ए-रुख़्सार[4] सही

---

1. सांसारिक ग़म की 2. संसार के रंग-ढंग से 3. मित्र या प्रेयसी की नज़र 4. गालों की गर्मी

19

हों, जो सारे दस्तो-पा[1] हैं ख़ूं में नहलाये हुए
हम भी हैं ऐ दिल! बहाराँ की[2] क़सम खाये हुए

देख अब्रे-जंग के[3] दामन को उलझाये हुए
पेच खाते हैं फ़िज़ा में[4] हाथ झुंझलाये हुए

ख़ब्त[5] है ऐ हमनशीं[6] अक्ले-हरीफ़ाने-बहार[7]
है ख़िज़ां उनकी उन्हें आईना दिखलाये हुए

क्या है ज़िक्रे-आतिशो एटम[8] कि ग़द्दाराने-गुल[9]
मारते हैं हाथ अंगारों पे घबराये हुए

कांपकर सर से ज़मीं पर गिर पड़ा खुसरो[10] का ताज
बढ़ रहा है तेशाज़न[11] कोहे-गिराँ[12] ढाये हुए

ज़िन्दगी की क़द्र सीखी शुक्रिया तेग़े-सितम[13]
हाँ हमीं थे कल तलक जीने से उकताये हुए

---

1. हाथ-पांव 2. वसन्त ऋतु (लाने) की 3. युद्ध के बादल के 4. वातावरण में 5. उन्मादयुक्त
6. साथी 7. वसन्त-ऋतु के शत्रुओं की बुद्धि 8. एटम-बम और आग की चर्चा 9. फूलों
(वसन्त) के द्रोही 10. एक बादशाह का नाम 11. फ़रहाद (मज़दूर) 12. महापर्वत 13. अत्याचार
की तलवार

सैरे-साहिल कर चुके ऐ मौजे-साहिल[1] सर न मार
तुझ से क्या बहलेंगे तूफ़ानों के बहलाये हुए

है यही इक कारबारे-नग्मा-ओ-मस्ती[2] कि हम
या ज़मीं पर या सरे-अफ़लाक[3] हैं छाये हुए

साज़ उठाया जब तो गरमाते फिरे ज़र्रों के दिल
जाम हाथ आया तो मेहरो-मह[4] के हमसाये हुए

दश्त-ओ-दर[5] बनने को हैं 'मजरूह' मैदाने-बहार
आ रही है फ़स्ले-गुल[6] परचम को[7] लहराये हुए

---

1. तट पर की लहर 2. उन्माद और संगीत का कारोबार 3. आकाश पर 4. चांद-सूरज के
5. जंगल और दरवाज़े 6. वसन्त-ऋतु 7. झंडे को

20

जला के मशअले-जां[1] हम जुनूं-सिफ़ात[2] चले
जो घर को आग लगाए हमारे सात[3] चले

दयारे-शाम[4] नहीं, मंज़िले-सहर[5] भी नहीं
अजब नगर है यहां दिन चले, न रात चले

हुआ असीर[6] कोई हमनवा[7] तो दूर तलक
ब-पासे-तर्ज़े-नवा[8] हम भी सात-सात चले

हमारे लब न सही, वो दहाने-ज़ख़्म[9] सही
वहीं पहुंचती है यारा कहीं से बात चले

सतूने-दार पे[10] रखते चलो सरों के चिराग़
जहां तलक ये सितम[11] की सियाह रात चले

बचा के लाए हम ऐ यार फिर भी नक़दे-वफ़ा[12]
अगरचे लुटते हुए रहज़नों के[13] हात चले

फिर आई फ़स्ले-नौ[14] मानिन्दे-बर्गे-आवारा[15]
हमारे नाम गुलों के मुरासलात[16] चले

---

1. जान या जीवन रूपी मशअल 2. उन्मत्त 3. साथ 4. शाम का नगर या ठिकाना 5. सुबह की मंज़िल 6. बन्दी 7. सहभाषी 8. भाष्य के ढंग का मान रखने को 9. घाव का मुँह 10. सूली के स्तंभ पर 11. अत्याचार 12. वफ़ा रूपी नकदी 13. डाकुओं के 14. नई ऋतु 15. आवारा पत्तों की तरह 16. पत्र, संदेश

क़तारे-शीशा[1] है या कारवाने-हमसफ़रां[2]
ख़िरामे-जाम[3] है या जैसे कायनात चले

बुला ही बैठे जब अहले-हरम[4] तो ऐ 'मजरूह'
बग़ल में हम भी लिए इक सनम[5] का हात चले

---

1. शराब की बोतलों की पंक्ति 2. सहयात्रियों का कारवान 3. शराब के प्यालों का चलना
4. हरम (मस्जिद या का'बा) वाले 5. मूर्ति (सुन्दरी)

21

दुश्मन की दोस्ती है अब अहले-वतन के[1] साथ
है अब ख़िज़ां चमन में नये पैरहन[2] के साथ

सर पर हवा-ए-जुल्म[3] चले सौ जतन के साथ
अपनी कुलाह[4] कज है[5], उसी बांकपन के साथ

बहकर ज़मीं पे है अभी गर्दिश में ख़ूं मेरा
क़तरे वो फूल बनते हैं ख़ाके-वतन के साथ

किसने कहा कि टूट गया ख़ंजरे-फ़रंग[6]
सीने पे ज़ख़्मे-नौ[7] भी है दाग़े-कुहन के[8] साथ

झोंके जो लग रहे हैं नसीमे-बहार के[9]
जुंबिश में[10] है क़फ़स[11] भी असीरे-चमन[12] के साथ

'मजरूह' क़ाफ़िले की मेरे दास्तां है ये
रहबर[13] ने मिल के लूट लिया राहज़न[14] के साथ

---

1. देशवासियों के 2. लिबास 3. अत्याचारों की हवा 4. टोपी 5. टेढ़ी है 6. फ़रंगी (अंग्रेज़)
का खंजर 7. नया घाव 8. पुराने दाग़ के 9. वसन्त-पवन के 10. हरकत में 11. पिंजरा (कारागार)
12. बाग़ (अर्थात् देश) के क़ैदी 13. पथ-प्रदर्शक 14. डाकू

22

पिंदारे-तमन्ना[1] टूट के भी दिल का कोई आलम[2] क्या होगा
जो ताबे-सुकूं तक ला न सके,[3] वो दर्दे-मुजस्सम[4] क्या होगा

हम अपना मुदावा[5] ढूंढ़ चुके, दरियाओं में सहराओं में
तुम भी जिसे तस्कीं दे न सके वो दर्दे-जुनूं[6] कम क्या होगा

गो ख़ाक-नशेमन[7], पर अब भी हैं गिरयाकनां[8] अरबाबे-चमन[9]
जब बर्क[10] तड़प कर टूटी थी उस वक़्त का आलम क्या होगा

जिस शोख़ नज़र की महफ़िल में आंसू भी तबस्सुम बन जाए
वां शमअ़ जलाई जाएगी परवाने का मातम क्या होगा

अब अपनी नज़र है बेमानी मफ़हूमे-तमन्ना[11] कुछ भी नहीं
जब इश्क भी था कुछ ची-ब-जबीं[12] अब हुस्न भी बरहम क्या होगा

'मजरूह' मेरे अरमानों का अंजाम शिकस्ते-दिल[13] ही सही
जी खोल के खुद पर हंस न सकूं इतना भी मुझे ग़म क्या होगा

---

1. आकांक्षा का गौरव 2. स्थिति 3. शान्ति को सहन न कर सके 4. साकार पीड़ा 5. इलाज
6. उन्माद की पीड़ा 7. जिनका घोंसला जल चुका है 8. रो रहे 9. वाटिका वाले (देशवासी)
10. बिजली 11. आकांक्षा का अर्थ 12. त्योरी चढ़ाए हुए 13. दिल का टूटना

23

मेरे पीछे ये तो मुहाल है[1] कि ज़माना गर्मे-सफ़र[2] न हो
कि नहीं मेरा कोई नक़्शे-पा[3] जो चिराग़े-रहगुज़र[4] न हो

रुख़े-तेग़ से[5] जो न हो कभी सहर[6] ऐसी कोई नहीं मेरी
नहीं ऐसी एक भी शाम जो तहे-ज़ुल्फ़े-दार[7] बसर न हो

मेरे हाथ हैं तो बनूंगा ख़ुद मैं अब अपना साक़ी-ए-मैकदा[8]
ख़ुमे-ग़ैर से[9] तो ख़ुदा करे लबे-जाम[10] भी मेरा तर न हो

मैं हज़ार शक्ल बदल चुका चमने-जहां में[11] सुन ऐ सबा[12]
कि जो फूल है तेरे हाथ में ये मेरा ही लख़्ते-जिगर[13] न हो

जिन्हें सब समझते हैं मेहरो-मह[14] नहीं सिर्फ़ चन्द नुक़ूशे-पा[15]
जिसे कहते हैं कुर्रा-ए-ज़मीं[16] फ़क़त[17] एक संगे-सफ़र[18] न हो

तेरे पा[19] ज़मीं पे रुके-रुके तेरा सर फ़लक पे[20] झुका-झुका
कोई तुझसे भी है अज़ीमतर[21], यही वहम तुझको मगर न हो

शबे-ज़ुल्म[22] नग़्ग़ा-ए-राहज़न से[23] पुकारता है कोई मुझे
मैं फ़राज़े-दार से[24] देख लूं कहीं कारवाने-सहर[25] न हो

---

1. असंभव है 2. गतिशील 3. पद-चिह्न 4. मार्ग का दीपक 5. तलवार (के चेहरे) का 6. सुबह
7. सूली के केशों के नीचे 8. शराबख़ाने (देश) से साक़ी 9. दूसरे के शराब के मटके से
10. प्याले के होंठ (सिरे) 11. संसार-रूपी उपवन में 12. प्रभात समीर 13. दिल का टुकड़ा
14. चांद-सूरज 15. पद-चिह्न 16. पृथ्वी 17. केवल 18. मार्ग का पत्थर 19. पांव 20. आकाश
पर 21. महानतर 22. अंधेरी रात में 23. डाकुओं की पकड़ से 24. फांसी की ऊंचाई से 25. सुबह
का कारवां

24

जुनूने-दिल[1] न सिर्फ़ इतना कि इक गुल-पैरहन[2] तक है
क़द-ओ-गेसू से[3] अपना सिलसिला दार-ओ-रसन तक[4] है

मगर ऐ हम-क़फ़स[5] कहती है शोरीदासरी[6] अपनी
ये रस्मे-क़ैद-ओ-ज़िंदां[7] एक दीवारे-कुहन तक[8] है

दुआयें दे रहे हैं रास्ते मुझ आबला-पा[9] को
मेरे क़दमों की गुलकारी बयाबां से चमन तक है

मैं क्या-क्या जुरअ-ए-खूं[10] पी गया पैमाना-ए-दिल में
बलानोशी मेरी क्या इक मै-ए-साग़र-शिकन[11] तक है

न आख़िर कह सका उससे मेरा हाले-दिले-सोज़ां[12]
महे-ताबां[13] कि जो उसका शरीके-अंजुमन[14] तक है

नवा[15] है जाविदां[16] 'मजरूह' जिसमें रूहे-साअ़त[17] हो
कहा किसने मेरा नग़्मा ज़माने के चलन तक है

---

1. मन का उन्माद 2. फूलों के वस्त्र (पहनने वाली प्रेयसी) 3. क़द और केशों से (चलकर) 4. सूली और फांसी के फंदे तक 5. कारागार के साथी 6. दीवानगी 7. क़ैद और कारागार की रीति 8. पुरानी या जर्जर दीवार तक 9. जिसके पांव में छाले पड़ गये हों 10. खून के घूँट 11. टूटे प्याले की शराब 12. दर्द-भरे दिल का हाल 13. चमकीला चांद 14. महफ़िल का साथी 15. आवाज़ (गीत) 16. अमर 17. समय की आत्मा

25

बाइसे-जल्वा-ए-गुल[1] दीदा-ए-तर[2] है कि नहीं
मेरी आहों से बहाराँ[3] की सहर[4] है कि नहीं

राह-गुमकर्दा हूँ[5] कुछ उसको ख़बर है कि नहीं
उसकी पलकों पे सितारों का गुज़र है कि नहीं

दिल से मिलती तो है इक राह कहीं से आकर
सोचता हूं ये तेरी राहगुज़र है कि नहीं

तेज़ हो दस्ते-सितम[6], दे भी शराब ऐ साक़ी
तेग़ गर्दन पे सही जाम सिपर[7] है कि नहीं

रू-ए-मशरिक़[8] की क़सम हमको है इतना मालूम
शबे-दौराँ[9] तेरे पहलू में सहर है कि नहीं

मैं जो कहता था सो ऐ रहबरे-कोताह-ख़िराम[10]
तेरी मंज़िल भी मेरी गर्दे-सफ़र[11] है कि नहीं

---

1. फूलों के जल्वे (कान्ति या दर्शन) का कारण 2. सजल नेत्र 3. वसन्त 4. सुबह 5. मार्ग से भटका हुआ 6. अत्याचार का हाथ 7. ढाल 8. पूरब के मुख 9. संसार की रात 10. कम या धीरे चलने वाला पथ-प्रदर्शक 11. मार्ग की धूल

अहले-तक़दीर[1] ! ये है मो'जज़ा-ए-दस्ते-अ़मल[2]
जो ख़ज़फ़[3] मैंने उठाया वो गुहर[4] है कि नहीं

देख कलियों का चटकना सरे-गुलशन[5] सैयाद[6]
ज़मज़मासंज[7] मेरा ख़ूने-जिगर है कि नहीं

हम रिवायात के[8] मुन्किर[9] नहीं लेकिन 'मजरूह'
सबकी और सबसे जुदा अपनी डगर है कि नहीं

---

1. भाग्य में विश्वास रखने वाले 2. कर्मशील हाथ का चमत्कार 3. ठीकरा 4. मोती 5. उपवन
में 6. शिकारी 7. गीत गा रहा 8. परम्पराओं के 9. मानने वाले

26

हम हैं मताअ़-ए-कूचा-ओ-बाज़ार की[1] तरह
उठती है हर निगाह ख़रीदार की तरह

इस कू-ए-तशनगी[2] में बहुत है कि एक जाम
हाथ आ गया है दौलते-बेदार की[3] तरह

वो तो कहीं है और, मगर दिल के आस-पास
फिरती है कोई शै निगहे-यार[4] की तरह

सीधी है राहे-शौक़[5], पे यूंही कहीं-कहीं
ख़म हो गई है गेसु-ए-दिलदार[6] की तरह

अब जा के कुछ खुला, हुनरे-नाखुने-जुनूं[7]
ज़ख़्मे-जिगर हुए लब-ओ-रुख़सार की[8] तरह

'मजरूह' लिख रहे हैं वो अहले-वफ़ा का[9] नाम
हम भी खड़े हुए हैं गुनहगार की तरह

---

1. गली-कूचे में बिकने वाली चीज़ों की 2. प्यास की गली 3. सचेत धन की 4. प्रेयसी की नज़र 5. प्रेम मार्ग 6. प्रेयसी के केशों की तरह 7. उन्माद रूपी नाखून की कारीगरी 8. होठों और कपोलों की 9. वफ़ादारों का

27

अदा-ए-तूले-सुखन[1] वो क्या अख़्तियार[2] करे
जो अर्ज़े-हाल[3] बतर्ज़े-निगाहे-यार[4] करे

ख़िज़ां से छीन के अब नक़्दे-गुल[5] शुमार[6] करे
कहो सबा[7] से बहारों का कारोबार करे

बहुत ही तल्ख़-नवा[8] हूं मगर अज़ीज़ वतन[9]
मैं क्या करूं जो तेरा दर्द बेक़रार करे

क़दम को फ़ैज़े-जुनूँ से[10] वो आबला[11] है नसीब[12]
जो ख़ारे-राह को[13] भी शमए-रहगुज़ार[14] करे

जगायें हम-सफ़रों को जलायें मशअ़ले-शौक़
न जाने कब हो सहर[15] कौन इन्तिज़ार करे

मिसाल मिलती है कितनों की उस दीवाने से
चमन से दूर जो बैठा ग़मे-बहार करे

---

1. बात को लम्बा करने का ढंग 2. ग्रहण 3. मनःस्थिति का वर्णन 4. प्रेयसी की नज़रों की
तरह 5. फूलों का मोल 6. गणना 7. प्रभात-समीर 8. कटु-भाषी 9. प्यारे देश 10. उन्माद
की कृपा से 11. छाला 12. प्राप्त 13. मार्ग के कांटे को 14. मार्ग का दीप 15. सुबह

दियारे-जौर[1] में रस्ता है इक यही वर्ना
किसे पसंद है ऐ दिल कि सैरे-दार[2] करे

खुदा करे ग़मे-गेती[3] का पेचो-ताब ऐ दोस्त
कुछ और भी तेरी जुल्फ़ों को ताबदार करे

सितम! कि तेग़े-क़लम[4] दें उसे, जो ऐ 'मजरूह'
ग़ज़ल को क़त्ल करे नग्मे को शिकार करे

---

1. जुल्म की वादी 2. सूलियों की सैर अर्थात् सूली पर चढ़ना 3. संसार के ग़म 4. क़लम
रूपी तलवार

28

हमें शऊरे-जुनूं है[1] कि जिस चमन में रहे
निगाह बन के हसीनों की अंजुमन[2] में रहे

तू ऐ बहारे-गुरेज़ां[3] किसी चमन में रहे
मेरे जुनूं की महक तेरे पैरहन[4] में रहे

न हम क़फ़स में रुके मिस्ले-बू--ए-गुल[5] सय्याद[6]
न हम मिसाले-सबा[7] हल्क़ा-ए-रसन में[8] रहे

खुले जो हम तो किसी शोख़ की नज़र में खुले
हुए गिरह[9] तो किसी ज़ुल्फ़ की शिकन में रहे

सरशके-रंग न बख़्शें[10] तो क्यों हो बारे-मिज़ां[11]
लहू हिना[12] नहीं बनता तो क्यों बदन में रहे

हुजूमे-दह्र में[13] बदली न हम से वज़्अए-ख़िराम[14]
गिरी कुलाह,[15] हम अपने ही बांकपन में रहे

ज़बां हमारी न समझा यहां कोई 'मजरूह'
हर अजनबी की तरह अपने ही वतन में रहे

---

1. उन्माद का ढंग आता है 2. महफ़िल 3. कतराती बहार 4. लिबास 5. फूल की सुगंध की
तरह 6. शिकारी 7. प्रभात समीर की तरह 8. फांसी की रस्सी के घेरे में 9. गांठ 10. आंसू
यदि रंग न दें (खून के आंसू न बहें) 11. पलकों का बोझ 12. मेंहदी 13. संसार के जनसमूह
14. चलने का अंदाज़ 15. टोपी

29

हम को जुनूं[1] क्या सिखलाते हो, हम थे परेशां तुम से ज़्यादा
फाड़े होंगे, हम ने अज़ीज़ो, चार गिरेबां तुम से ज़्यादा

चाके जिगर[2] मुहताजे-रफ़ू है,[3] आज तो दामन सर्फ़े-लहू[4] है
इक मौसम था, हम को रहा है, शौक़े-बहारां तुम से ज़्यादा

अहदे-वफ़ा[5] यारों से निभाएं, नाज़े-हरीफ़ां[6] हँस के उठायें
जब हमें अरमां तुम से सिवा था, अब हैं पशेमां[7] तुम से ज़्यादा

हम भी हमेशा क़त्ल हुए और तुमने भी देखा दूर से लेकिन
ये न समझना हम को हुआ है, जान का नुक़सां तुम से ज़्यादा

जाओ तुम अपने बाम की ख़ातिर[8], सारी लवें शमओं की कतर लो
ज़ख़्म के मेह-ओ-माह सलामत[9], जशने-चिराग़ां[10] तुम से ज़्यादा

देख के उलझन जुल्फ़े-बुता की[11], कैसे उलझ पड़ते हैं हवा से
हम से पूछो, हम को है यारो, फ़िक्रे-निगारां[12] तुम से ज़्यादा

ज़ंजीर-ओ-दीवार ही देखी तुमने तो 'मजरूह', मगर हम
कूचा-कूचा देख रहे हैं, आलमे-ज़िन्दां[13] तुम से ज़्यादा

---

1. उन्माद 2. फटा हुआ जिगर 3. रफ़ू चाहता है 4. लहू में भीगा 5. प्रेम प्रतिज्ञा में 6. प्रतिद्वन्द्वियों के नख़रे 7. लज्जित 8. छत (पर रोशनी करने) के लिए 9. चांद सूरज 10. रोशनियों का जशन 11. प्रेयसी के केशों की 12. सुन्दरियों (देश) की चिन्ता 13. कारागारों का संसार

30

बनामे-कूचा-ए-दिलदार[1] गुल बरसे कि संग आये
हँसा है चाके-पैराहन,[2] न क्यों चेहरे पे रंग आए

बचाते फिरते आख़िर कब तलक दस्ते-अज़ीज़ों से[3]
उन्हीं को सौंप कर हम तो कुलाहे-नामो-नंग[4] आए

हँसो मत अहले-दिल, अपनी सी जानो, बज़्मे-ख़ूबाँ[5] में
चले आये इधर हम भी, बहुत जब दिल से तंग आए

कहाँ सहने-चमन[6] में बात कू-ए-सरफ़रोशाँ[7] की
इधर से सादा-सू पहुँचे, उधर से लालारंग आये

करो ‘मजरूह’ तब दारो-दसन के तज़किरे[8] हम से
जब उस क़ामत[9] के साये में तुम्हें जीने का ढंग आए

---

1. दिलदार के कूचे के नाम पर 2. फटी हुई पोशाक 3. प्रियजनों के हाथों से 4. नाम और सम्मान की पगड़ी 5. हसीनों की महफ़िल 6. बग़ीचे की सेहन या आंगन 7. सरफ़रोशों के कूचे या गली 8. फाँसी और उसकी रस्सी का ज़िक्र 9. क़द या ऊँचाई

31

ख़ंजर की तरह बू-ए-समन[1] तेज़ बहुत है
मौसम की हवा अब के जुनूँख़ेज़[2] बहुत है

रास आये तो हर सर पे बहुत छाँव घनी है
हाथ आये तो हर शाख़ समरख़ेज़[3] बहुत है

लोगो, मेरी गुलकारी-ए-वहशत का सिला[4] क्या
दीवाने को इक हर्फ़े-दिलआवेज़[5] बहुत है

मसलूब[6] हुआ कोई सरे-राहे-तमन्ना[7]
आवाज़े-जरस[8] पिछले पहर तेज़ बहुत है

'मजरूह' सुने कौन तेरी तल्ख़नवाई[9]
गुफ़्तारे-अज़ीज़ाँ शकरआमेज़ बहुत है[10]

---

1. चमेली के फूलों की खुश्बू 2. जुनून या पागल करने वाली 3. फलदार 4. मेरी दीवानगी की कशीदाकारी या सजावट का इनाम 5. दिल को छू लेने वाला एक शब्द 6. फाँसी चढ़ गया 7. हसरतों या कामनाओं की राह के बीचोंबीच 8. घंटे की आवाज़ 9. कड़वी और तीखी बातें 10. प्रियजनों की बातें बहुत मीठी हैं

32

सू-ए-मक़्तल कि पै-ए-सैरे-चमन[1] जाते हैं
अहले-दिल जाम ब कफ़, सर ब क़फ़न[2] जाते हैं

आ गई फ़स्ले-जुनूँ[3], कुछ तो करो दीवानो
अब्र सहरा की तरफ़ सायाफ़िगन[4] जाते हैं

उसको देखा नहीं तुमने, कि यही कूचा-ए-राह
शाख़े-गुल शोख़ी-ए-रफ़्तार से[5] बन जाते हैं

वो अगर बात न पूछें, तो करें क्या हम भी
आप ही रूठते हैं, आप ही मन जाते हैं

बुलबुलो, अपनी नवा[6] फ़ैज[7] है उन आँखों की
जिनसे हम सीखने अंदाज़े-सुख़न[8] जाते हैं

जो ठहरती, तो ज़रा चलते सबा के हमराह[9]
यों भी हम रोज़ कहाँ सू-ए-चमन जाते हैं

---

1. कत्लगाह की तरफ़ कि बाग़ की सैर के लिए 2. दिलदार हाथ में जाम लिए और सिर पर क़फ़न बाँधे जाते हैं 3. पागलपन या दीवानगी का मौसम 4. बादल रेगिस्तान की तरफ़ छाया करते जाते हैं 5. चाल की चंचलता से फूलों की डाली जैसे 6. आवाज़ 7. उपहार या कृपा 8. काव्य-कला 9. सुबह की शीतल-मंद पुरवाई के साथ

लुट गया क़ाफ़िला-ए-अहले-जुनूँ[1] भी शायद
लोग हाथों में लिए दारो-रसन जाते हैं

रोक सकता हमें ज़िंदाँने-बला[2] क्या 'मजरूह'
हम तो आवाज़ हैं दीवार से छन जाते हैं

---

1. दीवानों के क़ाफिले 2. तक़लीफदेह क़ैदख़ाना

33

गो रात मिरी सुबह की महरम[1] तो नहीं है
सूरज से तेरा रंगे-हिना[2] कम तो नहीं है

कुछ ज़ख़्म ही खाएँ, चलो कुछ गुल ही खिलाएँ
हरचंद[3] बहाराँ का ये मौसम तो नहीं है

चाहे वो किसी का लहू हो दामने-गुल पर
सैयाद, ये कल रात की शबनम तो नहीं है

इतनी भी हमें बंदिशे-ग़म[4] कब थी गवारा[5]
पर्दे में तिरी काकुले-पुरख़म[6] तो नहीं है

अब कारगहे-दहर[7] में लगता है बहुत दिल
ऐ दोस्त, कहीं ये भी तेरा ग़म तो नहीं है

सहरा में बगूला[8] भी है, 'मजरूह' सबा[9] भी
हम-सा कोई आवारा-ए-आलम[10] तो नहीं है

---

1. जानकार, मर्मज्ञ 2. मेंहदी की लाली 3. यदपि, हालाँकि 4. ग़म या दुख की पाबंदी
5. बरदाश्त या सहन 6. घुंघराले केश 7. वक्त के कारखाने में 8. गर्म हवा का झोंका
9. सुबह की ठंडी हवा 10. दुनिया भर का आवारा

34

वो जो मुँह फेर कर गुज़र जाए
हश्र[1] का भी नशा उतर जाए

अब तो ले ले ये ज़िंदगी या रब
क्यों ये तोहमत[2] भी अपने सर जाए

आज उठी इस तरह निगाहे-करम[3]
जैसे शबनम से फूल भर जाए

अजनबी रात, अजनबी दुनिया
तेरा 'मजरूह[4]' अब किधर जाए

---

1. आपदा, विपत्ति, क़यामत 2. लांछन 3. कृपा-दृष्टि 4. घायल, ज़ख्मी (विशेष रूप से ध्यान देने की बात यह है कि मजरूह साहब ग़ज़ल के आख़िरी (मक़्ते के) शे'र में अपना नाम भी शे'र के अर्थ के अनुरूप ही देते हैं)

35

दाग़ से महकी हुई ज़ख़्मों से लाला पैरहन[1]
किस क़दर मिलती है शाख़े-दर्द से शाख़े-चमन

फ़र्शे-गुल, मीना-ए-मै, शम्अ-ए-सहर, साज़े-सुख़न[2]
सब उठे, लेकिन न उट्ठा मैं ख़राबे-अंजुमन[3]

मुज्दए-याराने-तिश्ना[4], दिल से फूटा फिर लहू
ऐ शबे-तारे-अज़ीज़ाँ[5] फिर जला दाग़े-कुहन[6]

साज़ में अब शोरिशे-ग़म[7] लाए मुतरिब[8] किस तरह
उसकी धुन पाबंदे-नै[9], नग्मा हमारा नै-शिकन[10]

देखिए कब तक बला-ए-जाँ[11] रहे इक हर्फ़े-शौक़[12]
दिल-हरीसे-गुफ़्तगू और चश्मे-ख़ूबाँ कमसुख़न[13]

सच तो है मजरूह ने उस गुल से कुछ पैमाँ[14] लिए
ये ख़बर लेकिन कहाँ से ले उड़ा मुर्ग़े-चमन[15]

---

1. लाल लिबास में 2. फूलों का फ़र्श, शराब की सुराही, सुबह की शमां, शायरी का साज़,
3. उजड़ी हुई महफ़िल 4. प्यासे दोस्तों द्वारा बहाया गया 5. प्रियजनों की अंधेरी रात
6. पुराना जख़्म 7. ग़म या दुख की तल्ख़ी 8. गायक 9. बांसुरी के सुरों से बंधी हुई
10. बाँसुरी से ख़ाली 11. जान की बला या मुसीबत 12. प्रेम का एक शब्द 13. दिल में
प्रिय से बातें करने की ललक और प्रियतमाओं की आँखें कम बोलने वाली 14. वचन, वादे,
15. बगीचे का पक्षी

36

उस बाग़ में वो संग के काबिल कहा न जाय
जब तक किसी समर[1] को मेरा दिल कहा न जाय

शाखों पे नोके-तेग़[2] से क्या-क्या लिखे हैं फूल
अन्दाज़े-लालाकारिए-क़ातिल[3]   कहा   न   जाय

किसके लहू के रंग हैं ये ख़ारे-शोख रंग[4]
क्या गुल कतर गई रहे-मंज़िल[5], कहा न जाय

बाराँ के मुंतज़िर[6] हैं समन्दर ये तिशनालब[7]
अहवाले-मेज़बानी-ए-साहिल[8]   कहा   न   जाय

मेरे   ही   संगो-ख़िश्त   से   तामीरे-बामो-दर[9]
मेरे ही घर को शहर में शामिल कहा न जाय

ज़िन्दाँ[10] खुला है जब से हुए हैं रिहा असीर[11]
हर गाम[12] है वो शोरे-सलासिल[13] कहा न जाय

---

1. फल 2. तलवार की नोक 3. क़ातिल की लाल कशीदाकारी का अन्दाज़ 4. चटख और भड़कीले रंग वाले काँटे 5. मंज़िल का रास्ता 6. बारिश के इन्तज़ार 7. प्यासे लोग 8. तट की मेहमाननवाज़ी का वृत्तान्त 9. मेरे ही ईंट-पत्थर से बनाई गई छत व दहलीज़ 10. क़ैदखाना 11. क़ैदी 12. कदम या डग 13. बेड़ियों या ज़ंजीरों का शोर

हम अहले-इश्क़[1] में नहीं हर्फ़े-गुनह[2] से कम
वो हर्फ़े-शौक़[3] जो सरे-महफ़िल कहा न जाय

जिस हाथ में है तेग़े-जफ़ा[4] उसका नाम लो
मजरूह से तो साये को क़ातिल कहा न जाय।

---

1. प्रेम करने के बीच 2. पाप या गुनाह के अक्षर 3. इच्छा, आकांक्षा 4. अन्याय की तलवार

37

चमन है मक़्तले-नग़्मा[1], अब और क्या कहिए
बस इस सुकूत का आलम[2], जिसे नवा[3] कहिए

असीरे - बन्दे - ज़माना हैं साहिबाने - चमन[4]
मेरी तरफ से गुलों को बहुत दुआ कहिए

यही है जी में कि वो रफ़्ता-ए-तग़ाफुलो नाज़[5]
कहीं मिले, तो वहीं क़िस्सा-ए-वफ़ा कहिए

उसे भी क्यूँ न फिर अपने दिले-जुबूँ[6] की तरह
खराबे - काकुलो - आवारा - ए - अदा[7] कहिए

ये कू-ए-यार, ये जिन्दाँ, ये फर्शे-मैख़ाना
इन्हें हम अहले-तमन्ना के नक्शे-पा[8] कहिए

वो एक बात है, कहिए तुलू-ए-सुबहे-निशात[9]
कि ताबिशे - बदनो - शोला - ए- हिना[10] कहिए

---

1. नग़्मा या गीत का वधस्थल 2. शान्त वातावरण 3. आवाज़ 4. बगीचे के लोग ज़माने के
कैदखाने के कैदी हैं 5. बीते वक़्तों की उपेक्षा और गर्व की प्रतिमूर्ति 6. ज़ख़्मी दिल
7. आवारा अदा और खुले-उड़ते केशों से विकृत 8. इच्छाओं, आकांक्षाओं से भरे लोगों के
पैरों के निशान 9. सुखद सवेरे का उगना 10. बदन की चमक और मेंहदी की अग्नि-ज्वाल

वो एक हर्फ़ है, कहिए उसे हिकायते-ज़ुल्फ़[1]
कि   शिकवा-ए-रसनो-बंदिशे-बला[2]   कहिए

रहे न आँख, तो क्यों देखिए सितम की तरफ
कटे ज़ुबान, तो क्यों हर्फ़े-ना बजा[3] कहिए

पुकारिए कफ़े-क़ातिल[4] को अब मुआलिज़े-दिल[5]
बढ़े   जो   नाखुने-खंजर[6],   गिरहकुशा[7]   कहिए

पड़े जो संग तो कहिए उसे निवाला-ए-ज़र[8]
लगे   जो   ज़ख़्म   बदन   पर,   उसे   क़बा[9]   कहिए

फ़साना ज़ब्र[10] का यारों की तरह क्यों 'मजरूह'
मज़ा जो तब है कि कहिए जो, बरमला[11] कहिए

---

1. ज़ुल्फ़ों की कथा 2. फाँसी के फन्दे का शिकवा या शिकायत और मुसीबतों की बन्दिश
3. अनुचित शब्द 4. हत्यारे की हथेली 5. दिल की दवा करने वाला 6. तलवार की नोक
7. कष्ट निवारण करने वाला 8. दौलत का टुकड़ा 9. बदन को ढकने वाली पोशाक
10. अत्याचार की कथा 11. मुँह पर, सब के सामने

38

सितम को सरनिगूँ[1], ज़ालिम को रुस्वा[2] हम भी देखेंगे
चल, ऐ अज़्मे-बग़ावत[3] चल, तमाशा हम भी देखेंगे

अभी तक तो फ़क़त अंजाम ही देखा मुहब्बत का
कहाँ है दौरे-आग़ाज़े-तमन्ना[4], हम भी देखेंगे

पिला कर ख़ूने-दिल गेती[5] को, ऐ शौक़े-चमनबन्दी[6]
कफ़े-हर गुंचा[7] में तक़दीरे-सहरा[8] हम भी देखेंगे

फ़िज़ा-ए-एशिया पर ये घटा है जंग की साक़ी
बहार आई तो सू-ए-जामो-मीना[9] हम भी देखेंगे

अभी तो फ़िक्र कर इन दिल से नाज़ुक आबगीनों[10] की
ब फ़ैज़े-अम्न[11], फिर साग़र में दरिया[12] हम भी देखेंगे

निगारे-चीं[13] का घायल, तोड़ता है दम सरे-मक़्तल[14]
बचा ले आके एजाज़े-मसीहा[15], हम भी देखेंगे

ज़बीं पर ताजे-ज़र[16], पहलू में जिन्दाँ, बैंक छाती पर
उठेगा बेक़फ़न अब ये जनाज़ा, हम भी देखेंगे

---

1. सिर नीचा किए हुए 2. बदनाम 3. विद्रोह का संकल्प 4. आकांक्षा के फलीभूत होने का ज़माना 5. दुनिया 6. बागबानी का शौक 7. हर इक कली की हथेली 8. रेगिस्तान की तकदीर 9. प्याले और सुराही 10. काँच के पात्र 11. शान्ति की अनुकम्पा से 12. प्याले में नदी को उमड़ते हुए 13. चीन की कलाप्रियता 14. वधस्थल में 15. मसीहा की प्रतिष्ठा 16. माथे पर दौलत का ताज

39

वो तो गया, ये दीदा-ए-ख़ूंबार[1] देखिए
दामन पे रंगे-पैरहने-यार[2] देखिए

दिखला के वो तो ले भी गया शोख़िए-ख़िराम[3]
अब तक हैं रक़्स में दरो-दीवार[4] देखिए

उकता के हमने तोड़ी थी ज़ंजीरे-नामो-नंग[5]
अब तक फ़िज़ा में है वही झंकार देखिए

सीने में छुप गया है तुलू-ए-सहर[6] के साथ
अब शाख़े-दिल पे वो गुले-रुख़सार देखिए

बर्के-तपीदा, बादे-सबा, शोला[7] और हम
हैं कैसे-कैसे उनके गिरफ़्तार देखिए

पहले भी तेज़ रौ थे, पर उस दिलनशीं के साथ
ये चश्मे-नम[8], ये मस्ती-ए-रफ़्तार[9] देखिए

मजरूह के लबों से ये खुश्बू न जा सकी
बख़्शी जो उसने दौलते-बेदार[10] देखिए

---

1. खून टपकाती आँखें 2. प्रियतम के लिबास का रंग 3. चाल की लचक, 4. दहलीज और
दीवारें नाचती-झूमती हुई 5. शोहरत की ज़ंजीर 6. सुबह उगने के साथ 7. आग बरसाती बिजली,
सुबह की हवा, आग 8. गीली आँखें 9. चाल की मस्ती 10. ख़ुशनसीबी

40

वो जिस पे तुम्हें शम्-ए-सरे-रह का गुमाँ[1] है
वो शोल-ए-आवारा[2] हमारी ही जुबाँ है

अब हाथ हमारे हैं इनाँ रख्शे-जुनूँ[3] की
अब सर पे हमारे कुलहे-संगे-बुताँ[4] है

बस फेर के मुँह ख़ार क़दम खींच रहे हैं
देखा तो निहाँ क़ाफ़ला-ए-हमसफ़राँ[5] है

चुभने को बनी ख़ारे-सिफ़त पा-ए-ख़िज़ाँ[6] में
क्या कीजै बहुत हम को ग़मे-लालारुख़ाँ है

काम आए बहुत लोग सरे-मक़्तले-जुल्मात[7]
ऐ रोशनी-ए-कूच-ए-दिलदार[8] कहाँ है?

ऐ फ़स्ले-जुनूँ हमको प-ए-शग्ले-गरेबाँ[9]
पैबंद ही काफ़ी है अगर जामा[10] गिराँ[11] है

मजरूह कहाँ से गुहरे-गंदुम-औ-जौ[12] लाए
अपनी तो गिरह में यही चश्मे-निग़राँ[13] है।

---

1. रास्ते की शमा का सन्देह 2. आवारा आग, उड़ती चिनगारी 3. पागल घोड़े की लगाम 4. निर्दय सुन्दरियों का दुपट्टा या सिर का पहनावा 5. हमसफ़रों का कारवाँ 6. काँटों की खूबी पतझड़ के पैरों में चुभना ही है 7. अत्याचारों की क़त्लगाह में बहुत से लोग शहीद हुए 8. प्रियतम की गली की रोशनी 9. ऐ उन्मादी मौसम, हमें तो गरेबान फाड़ने का काम ही रास आता है 10. कपड़ा 11. महँगा 12. गेहूँ और जौ के मोती 13. मेरी गाँठ में तो इन्तज़ार करती आँखें ही हैं

41

दस्ते-पुरख़ूँ को कफ़े-दस्ते-निगाराँ समझे[1]
क़त्लगह[2] थी जिसे हम महफ़िले-याराँ[3] समझे

कुछ भी दामन में नहीं ख़ारे-मलामत[4] के सिवा
ऐ जुनूँ[5] हम भी किसे कू-ए-बहाराँ[6] समझे

टूटे धागे से ही करते हैं रफ़ू चाके-जिगर[7]
कौन बेचारगी-ए-सीनाफ़िगाराँ[8] समझे

है वो बेदर्द तो बेमाना ही अच्छा, यारो
जो न तौक़ीरे-ग़मे-दर्दगुसाराँ[9] समझे

ख़ंदाज़न उस पे रहे हल्का-ए-ज़ंजीरे जुनूँ[10]
जो न कुछ मंज़िलते-सिलसिला-दाराँ[11] समझे

आज से हमने भी ज़ख़्मों को तबस्सुम[12] जाना
रज़्म को बज़्मगहे-लालाअज़ाराँ समझे[13]

तोड़ दें हम जो न तलवार, तो कहिए मजरूह
तेग़ज़न क्या हुनरे-जख़्मशुआराँ समझे[14]

---

1. खून से रंगे हाथों को हमने प्रेमिकाओं की हथेली समझा 2. क़त्लगाह या वधस्थल 3. यादों की महफिल 4. धिक्कार के काँटे 5. ऐ मेरे पागलपन 6. बसंत-ऋतु की गली 7. ज़ख़्मी जिगर को गाँठना 8. टूटे हुए या दुखी दिलों की मजबूरी 9. दुखीजनों के दर्द का सम्मान करना 10. उन्माद की ज़ंजीर का घेरा उसकी हँसी उड़ाए 11. फाँसियों के सिलसिले का महल 12. मुस्कान 13. जंग या युद्ध के मैदान की लाल-लाल गालों वाली सुन्दरियों की महफिल 14. तलवार चलाने वाला ज़ख्म सहने की कला को समझे

42

जिस दम ये सुना, है सुब्हे-वतन महबूस फ़ज़ाए-ज़िंदाँ में[1]
जैसे कि सबा[2], ऐ हमक़फ़सो[3], बेताब[4] हम आए ज़िंदाँ में

हों तेग़-असर ज़ंज़ीरे-क़दम[5], फिर भी हैं नक़ीवे-मंज़िल[6] हम
ज़ख़्मों से चिराग़े-राहगुज़र बैठे हैं जलाए ज़िंदाँ में

सद चाक क़बा-ए-अम्नो-सुकूँ, उरियाँ है अहिंसाई का जुनूँ[7]
कुछ ख़ूँ से शहीदों ने अपने, वो गुल हैं खिलाए ज़िंदाँ में

ये जब्रे-सियासत, ये इंसाँ, मज़्लूम आहें, मजबूर फुगाँ[8]
ज़ख़्मों की महक दाग़ों का धुआँ, मत पूछ फ़ज़ाए-ज़िंदाँ में

ग़ैरों की ख़लिश[9], अपनों की लगन, सोज़े-ग़मे-जानाँ,[10] दर्दे-वतन
क्या कहिए कि हम हैं किस किस को सीने से लगाए ज़िंदाँ में

गुल बनती है शायद ख़ाके-वतन, शायद कि सफ़र करती है ख़िज़ाँ[11]
ख़ुशबू-ए-बहाराँ[12] मिलती है, कुछ दिन से हवा-ए-ज़िंदाँ में[13]

---

1. क़ैदखाने में क़ैद 2. सुबह की हवा 3. कैदी साथियो 4. बेचैन, परेशान 5. पैरों की बेड़ियाँ तलवार जैसी धारदार हों 6. मंज़िल के जानकार 7. सुख-शान्ति का लबादा सौ जगहों से फटा हुआ है और अहिंसा का जुनून नंगा हो गया है 8. यह अन्यायी राजनीति, ये ग़रीब लोग, मजबूर आहें 9. चुभन 10. प्रियजनों के दुख की जलन 11. शायद पतझड़ जा रहा है 12. बहारों की खुशबू 13. क़ैदखाने की हवा में

मुजरिम थे जो हम, सो क़ैद हुए, सैयाद मगर अब ये तो बता
हर वक़्त ये किसको ढूँढ़ते हैं, दीवार के साए ज़िंदाँ में

जिस्मों पे ये किसका नामे सियह[1] लिख देते हैं कोड़ों के निशाँ
हैं ताक में किसकी ज़ंजीरें अब आँख लगाए ज़िंदाँ में

रफ़्तारे-ज़माना ले जिनकी, गेती है गुले-नग़्मा जिनका[2]
हम गाते हैं उन आवाज़ों से आवाज़ मिलाए ज़िंदाँ में।

---

1. काला, मनहूस नाम 2. समय की गति जिन्हें अपनाए, जिनके लिए दुनिया गीतों का
गुलदस्ता हो

43

मुझसे कहा जिब्रीले-जुनूँ ने[1], ये भी वह्ई-ए-इलाही[2] है
मज़्हब तो बस मज़्हबे-दिल है, बाक़ी सब गुमराही[3] है

वो जो हुए फ़िर्दौसे-बदर,[4] तक़्सीर[5] थी वो आदम[6] की, मगर
मेरा है अज़ाबे-दर-बदरी[7], मेरी नाकर्दा गुनाही[8] है

हर्फ़े-तलब[9] सीने में कुचल दो, शर्ते-वफ़ा[10] ठहरी है यही
काट के रख दो अपनी ज़बाँ, फ़र्मानि-ज़िल्ले-इलाही[11] है

संग[12] तो कोई बढ़ के उठाओ, शाख़े-समर[13] कुछ दूर नहीं
जिसको बुलंदी[14] समझे हो, इन हाथों की कोताही है

फिर कोई मंज़र[15], फिर वही गर्दिश,[16] क्या कीजे ऐ कू-ए-निगार[17]
मेरे लिए ज़ंजीरे-गुलू[18] मेरी आवारा-निगाही[19] है

दूर से इसको चाके-मलामत[20] जान के नासेह[21] .ख़ुश है बहुत
लेकिन मेरे गरेबाँ पर तो उसके काजल की सियाही है

---

1. प्रेमोन्माद का फरिश्ता 2. ईश्वर का सन्देश 3. धर्मभ्रष्टता 4. स्वर्ग से निष्कासित 5. गल्ती
6. सृष्टि का पहला आदमी 7. यहाँ-वहाँ भटकने के रोग से पीड़ित 8. बेगुनाही 9. दिल की
बात 10. वफ़ादारी की पूर्ति 11. शासक का आदेश 12. पत्थर 13. फलों की डाली 14. ऊँचाई
15. दृश्य 16. दुर्भाग्य 17. ऐ प्रियतमा की गली 18. गले की तौक़ या ज़ंजीर 19. दृष्टि की
भटकन 20. अपमानित करके फाड़े गए कपड़े 21. उपदेशक

बहरे-खुदा[1] ख़ामोश रहो, बस देखते जाओ अहले-नज़र
क्या लग्ज़ीदा दम[2] हैं उसके, क्या दुज़्दीदा निगाही[3] है

दीद[4] के क़ाबिल है तो सही, मजरूह तिरी मस्ताना रवी[5]
गर्दे-हवा है रख़्ते-सफ़र[6], रस्ते का शजर[7] हमराही है

---

1. खुदा के वास्ते 2. फिसलते कदम 3. तिरछी नज़र 4. देखने 5. मस्तानी चाल 6. गर्द-भरी हवा तेरे सफर की साथी है 7. राह का दरख़्त

नज़्में

बारियाबी*

तेरी इन उलझी हुई सांसों के ज़ीर-ओ-बम[1] के साथ
अपने टूटे साज़ पर इक गीत गा सकता हूं मैं
इन सियह बिखरी हुई जुल्फ़ों की तारीकी[2] में आज
अपने कुछ बीते हुए लम्हे चुरा सकता हूं मैं
हां इन्हीं लरज़े हुए[3] हाथों से और तेरे समेत
रात की दोशीज़गी[4] को गुदगुदा सकता हूं मैं
तू कहे तो इन खुनक[5] और रस-भरे होंटों से फिर
आग-सी इक अपने तन-मन में लगा सकता हूं मैं
और तू तो जानती ही है मेरा हाले-जुनूं[6]
तू कहे तो तुझ से भी दामन छुड़ा सकता हूं मैं
ख़ून की ये गर्म-रफ़्तारी, तमन्नाओं का सोज़[7]
चन्द अश्कों से[8] ये सब शोले बुझा सकता हूं मैं
थरथराते लब पे कुछ दम तोड़ते शिकवे लिये
लड़खड़ाता फिर तेरी महफ़िल से जा सकता हूं मैं

---

* दर्शन पाना
1. उतार-चढ़ाव 2. अंधकार 3. कांपते हुए 4. कुमारपन 5. शीतल 6. उन्माद की हालत
7. तपन 8. आंसुओं से

पिछले पहर

मेरे गुज़रे हुए लम्हात के[1] वीरानों से,
    सिसकियां लेने की मग़मूम[2] सदा[3] आती है
हाय फिर जाने कहां से मेरे अश्कों की[4] तरफ़,
    उसकी उलझी हुई सांसों की हवा आती है

और ये धुंदलाई-सी बेरंग घटा के गेसू[5],
    इनकी लहरों में कोई सुबह कोई शाम नहीं
शब[6] के हाथों में ये महताब[7] का टूटा हुआ जाम,
    दावते-ज़ीस्त[8] नहीं मौत का पैग़ाम नहीं

मेरे होंठों पे तड़पते हैं अभी तक शिकवे,
    जाने उसकी वही नीची-सी नज़र है कि नहीं
मेरी बेमायगी-ए-ग़म[9] को तो वो क्या जाने,
    उसके आरिज़ पे[10] वो टूटा-सा गुहर[11] है कि नहीं
ज़र्द-रू[12] चाँद भी ख़ामोश है बादल के क़रीब,
    फिर वो शो'ला सा गिरा आ के इस जंगल के क़रीब

---

1. क्षणों के 2. ग़मभरी 3. आवाज़ 4. आंसुओं की 5. केश 6. रात 7. चांद 8. जीवन का आमंत्रण 9. ग़म की विवशता 10. गालों पर 11. मोती 12. पीले चेहरे वाला

क़ाफ़िले

है चार सिम्त[1] ख़ल्क़ का[2] हुजूमे-बेकरां[3] रवां[4],
मिलों से फिर उठा धुआं, (सुबह)
तबस्सुमों के[5] भेस में ये आंसुओं के कारवां,
मैं क्यों खड़ा हूं राह में?

फ़िज़ा-ए-बामो-दर-पे[6] आतशीं[7] ग़ुबार[8] छा गया,
नज़र को ग़श-सा आ गया, (दोपहर)
कोई नज़ारो-नातवां[9] सड़क पर लड़खड़ा गया,
मैं क्यों खड़ा हूं राह में?

जलीं वो शमूएँ मुनृइमों की[10] अंजुमन[11] संवर गई,
सियाही और निखर गई, (शाम)
ये कौन थी जो यूं मेरे क़रीब से गुज़र गई,
मैं क्यों खड़ा हूं राह में?

सिमट के हर मकां में[12] रूहे-इज़्तिराब[13] सो गई
फ़िज़ा[14] ख़मोश हो गई,
अभी जो शमअ[15] जल रही थी तीरगी में[16] खो गई,
मैं क्यों खड़ा हूं राह में?

---

1. ओर 2. जनता का 3. असीम समूह 4. चल रहा है 5. मुस्कराहटों के 6. छत और दरवाज़े के वातावरण पर 7. अग्निमय 8. धूलि 9. अशक्त, निर्बल 10. धनाढ्य या पूंजीपतियों की 11. महफ़िल 12. मकान में 13. व्याकुलता की आत्मा 14. वातावरण 15. दीपक 16. अंधेरे में

शे'र और क़तए

शे'र और क़तए

तेरी चश्मे-शोख़ को[1] क्या हुआ, नहीं होती आज हरीफ़े-दिल[2]
मेरे ज़ो'मे-इश्क़ की[3] ख़ैर हो, ये किसे नज़र से गिरा दिया
शबे-इन्तिज़ार की कश्मकश में न पूछ कैसे सहर[4] हुई
कभी इक चिराग़ जला दिया, कभी इक चिराग़ बुझा दिया

मह-ओ-ख़ुरशीद[5] भी साग़र-ब-कफ़ होकर[6] उतर आए
ब-वक़्ते-बादानोशी[7] जब निचोड़ी आस्तीं मैंने
वो बादे-अर्ज़े-मतलब[8] हाय रे शौक़े-जवाब[9] अपना
कि वो ख़ामोश थे और कितनी आवाज़ें सुनी मैंने

अब सोचते हैं लायेंगे तुझ-सा कहां से हम
उठने को उठ तो आए तेरे आस्तां से[10] हम
अश्क़ों में[11] रंगो-बू-ए-चमन दूर तक मिले
जिस दम असीर[12] होके चले गुलिस्तां से हम

---

1. चंचल आंख को 2. दिल की शत्रु 3. इश्क़ के घमंड की 4. सुबह 5. चांद-सूरज 6. प्याला हाथ में लेकर 7. मदिरापान के समय 8. अभिप्राय (प्रेम) निवेदन के बाद 9. उत्तर पाने का शौक़ 10. दहलीज़ से 11. आंसुओं में 12. क़ैद

दिल की तमन्ना है मस्ती में मंज़िल से भी दूर निकलते
अपना भी कोई साथी होता हम भी बहकते चलते-चलते

सियाहियां शबे-फ़ुर्क़त की[1] हम-नफ़स[2] मत पूछ
किसी को याद जो कीजे तो याद आ न सके

वो आ रहे हैं संभल-संभलकर नज़ारा बेखुद[3] फ़िज़ा[4] जवां है
झुकी-झुकी हैं नशीली आंखें रुका-रुका दौरे-आस्मां[5] है

छूटा दियारे-यार[6] तो अब फ़िक्रे-यार[7] क्यों
वो शम्ए-अंजुमन[8] भी गई अंजुमन के साथ

चमन में आतिशे-गुल[9] फिर से भड़काने भी आयेंगे
ख़िज़ां आई तो अब सहरा से दीवाने भी आयेंगे
अलग बैठे थे फिर भी आंख साक़ी की पड़ी हम पर
अगर है तिश्नगी[10] कामिल[11] तो पैमाने भी आयेंगे

---

1. जुदाई की रात की 2. साथी 3. उन्मत्त 4. वातावरण 5. संसार-चक्र 6. प्रेयसी का घर
7. प्रेयसी की चिन्ता 8. महफ़िल का दीपक 9. फूल की अग्नि (फूल के बीच का भुरभुरा
अंश) 10. प्यास 11. पूर्ण

हट के रू-ए-यार से[1] तज़ईने-आलम[2] कर गईं
वो निगाहें जिनको अब तक रायगां[3] समझा था मैं

न मिट सकेंगी ये तनहाइयां मगर ऐ दोस्त
जो तू भी हो तो तबीयत ज़रा संभल जाए

नज़्ज़ारा-हाए-दहर[4] बहुत खूब हैं लेकिन
अपना लहू भी सुर्ख़ी-ए-शामो-सहर में[5] है

कुछ बता तू ही नशेमन का[6] पता
मैं तो ऐ बादे-सबा[7] भूल गया

जफ़ा के ज़िक्र पे तुम क्यों संभल के बैठ गये
तुम्हारी बात नहीं, बात है ज़माने की

---

1. प्रेयसी के चेहरे से 2. संसार का श्रृंगार 3. व्यर्थ 4. संसार के दृश्य 5. सुबह और शाम की लालिमा में 6. घोंसले का 7. प्रभात समीर

इस तरह से कुछ रात को टूटे हैं सितारे
जैसे वो तेरी लग़्ज़िशे-पा[1] देख रहे हैं

किस-किसको हाय तेरे तग़ाफ़ुल[2] का दूँ जवाब
अक्सर तो रह गया हूँ झुका कर नज़र को मैं

अल्लाह रे वो आलमे-रुख़सत[3] कि देर तक
तकता रहा हूं युंही तेरी रहगुज़र[4] को मैं
ये शौक़े-कामियाब[5], ये तुम, ये फ़ज़ा[6], ये रात
कह दो तो आज रोक दूं बढ़ कर सहर[7] को मैं

वो अगर बात न पूछें तो करें क्या हम भी
आप ही रूठते हैं, आप ही मान जाते हैं

दिले-सादा न समझा, मासिवाय[8] पाक-दामानी[9]
निगाहे-यार कहती है कोई अफ़साना बरसों से

---

1. पैरों की लड़खड़ाहट 2. उपेक्षा 3. जुदाई का समय 4. मार्ग 5. सफल प्रेम 6. वातावरण
7. सुबह 8. के सिवा 9. पवित्रता

हाय वो साअ़त[1] कि वक़्फ़े-शौक़[2] था हर-हर नफ़स[3]
आह ये आलम[4] कि अब तेरी तमन्ना भी नहीं

हम ही का'बा, हम ही बुतख़ाना, हमीं हैं कायनात[5]
हो सके तो खुद को भी एक बार सिजदा कीजिये

बढ़ाई मय[6] जो मुहब्बत से आज साक़ी ने
यूं कांपे हाथ कि सागर भी हम उठा न सके

तेरे सिवा भी कहीं थी पनाह भूल गए
निकल के हम तेरी महफ़िल से राह भूल गए

---

1. क्षण 2. प्रेम को समर्पित 3. श्वास 4. स्थिति 5. ब्रह्माण्ड 6. मदिरा

फ़िल्मी गीत

जब दिल ही टूट गया

जब दिल ही टूट गया, जब दिल ही टूट गया
हम जी के क्या करेंगे, हम जी के क्या करेंगे

उलफ़त का दीया हमने, इस दिल में जलाया था
उम्मीद के फूलों से, इस घर को सजाया था
इक भेदी लूट गया, इक भेदी लूट गया
हम जी के क्या करेंगे, हम जी के क्या करेंगे
जब दिल ही टूट गया

मालूम न था इतनी, मुश्किल हैं मेरी राहें
मुश्किल हैं मेरी राहें
अरमां के बहे आँसू, हरसत की भरी आहें
हर साथी छूट गया, हर साथी छूट गया
हम जी के क्या करेंगे, हम जी के क्या करेंगे
जब दिल ही टूट गया

फिल्म : शाहजहाँ (1946)

उठाये जा उनके सितम

उठाये जा उनके सितम और जिये जा
युंही मुस्कराए जा, आंसू पिये जा

यही है मुहब्बत का दस्तूर ऐ दिल
वो ग़म दें तुझे तू दुआएं दिये जा

कभी वो नज़र जो समाई थी दिल में
उसी इक नज़र का सहारा लिये जा

सताये ज़माना सितम ढाये दुनिया
मगर तू किसी की तमन्ना किये जा
उठाये जा उनके सितम और जिये जा

फ़िल्म : अंदाज़ (1949)

जब नामे मुहब्बत ले के...

जब   नामे-मुहब्बत   ले   के
            किसी   नादान   ने   दामन   फैलाया
पहलू   में   अजब-सा   दर्द   उठा
            पलकों   पे   इक   आंसू   थर्राया
दिल   बैठे-बैठे   भर   आया,
            क्या   कहिये   हमें   क्या   याद   आया
याद   आई   किसी   की   महकी   हुई
            सांसों   की   हवा   हल्की-हल्की
वो   शाम   वो   रंगों   के   बादल
            चुनरी   वो   मेरी   ढलकी-ढलकी
इक   बात   ने   कितना   तड़पाया,
            क्या   कहिये   हमें   क्या   याद   आया

दुनिया   से   न   रख   उम्मीदे-वफ़ा,
            जब   यूँही   किसी   ने   समझाया
कुछ   और   बढ़ी   सीने   की   जलन
            कुछ   और   बढ़ा   ग़म   का   साया
रह-रह   के   हमें   रोना   आया,
            क्या   कहिये   हमें   क्या   याद   आया

फ़िल्म : काला पानी (1958)

जा रे, जा रे उड़ जा रे पंछी

जा रे, जा रे उड़ जा रे पंछी
बहारों के देश जा रे
यहाँ क्या है मेरे प्यारे
क्यूँ उजड़ गई बगिया मेरे मन की
जा रे...

न डाली रही न कली
अजब ग़म की आँधी चली
उड़ी दुख की धूल राहों में
जा रे...

मैं वीणा उठा न सकी
तेरे संग गा न सकी
ढले मेरे गीत आहों में
जा रे...

फिल्म : माया (1961)

हमारे बाद अब महफ़िल में

हमारे बाद अब महफ़िल में अफ़साने बयां होंगे
	बहारें हमको ढूँढेंगी न जाने हम कहां होंगे

इसी अंदाज़ से झूमेगा मौसम गाएगी दुनिया
	मुहब्बत फिर हसीं होगी, नज़ारे फिर जवां होंगे

न हम होंगे न तुम होगे न दिल होगा मगर फिर भी
	हज़ारों मंज़िलें होंगी हज़ारों कारवां होंगे

फिल्म : बागी (1953)

ग़म दिये मुस्तकिल

ग़म दिये मुस्तक़िल[1],

    कितना नाजुक है दिल—ये न जाना

        हाय हाय ये ज़ालिम ज़माना

दे उठे दाग़ जो,

    उनसे तू माहे-नौ[2],—कह सुनाना

        हाय हाय ये ज़ालिम ज़माना

    दिल के हाथों से दामन छुड़ाकर

    ग़म की नज़रों से नज़रें बचाकर

उठके वो चल दिये,

        कहते ही रह गये—हम फ़साना

        हाय हाय ये ज़ालिम ज़माना

    कोई मेरी ये रूदाद[3] देखे

    ये मुहब्बत की बेदाद[4] देखे

फुँक रहा है जिगर,

        पड़ रहा है मगर—मुस्कुराना

        हाय हाय ये ज़ालिम ज़माना

फिल्म : शाहजहाँ (1946)

---

1. स्थायी 2. नये चांद 3. हालत 4. अत्याचार

ये माना दिल जिसे ढूँढे

ये माना दिल जिसे ढूँढे बड़ी मुश्किल से मिलता है
    मगर जो ठोकरें खाए वही मंज़िल से मिलता है
चलो बैठे हो क्या बेकार क़िस्मत के दोराहे पर
    वही रस्ता है सीधा जो तुम्हारे दिल से मिलता है
अगर दुश्मन कोई तूफ़ां उठाये भी तो क्या परवा
    सफ़ीना[1] रौंदकर तूफ़ान को साहिल से मिलता है
ये माना दिल जिसे ढूँढे बड़ी मुश्किल से मिलता है!

फ़िल्म : ज़िम्बो (1958)

---

1. नाव

तुझे क्या सुनाऊँ मैं दिलरुबा

तुझे क्या सुनाऊँ मैं दिलरुबा
तेरे सामने मेरा हाल है
तेरी इक निगाह की बात है
मेरी ज़िन्दगी का सवाल है

मेरी हर ख़ुशी तेरे दम से है
मेरी ज़िन्दगी तेरे ग़म से है
तेरे दर्द से रहे बेख़बर
मेरे दिल की कब ये मज़ाल है

तेरे हुस्न पर है मेरी नज़र
मुझे सुबह शाम की क्या ख़बर
मेरी शाम है तेरी जुस्तजू
मेरी सुबह तेरा ख़याल है

मेरे दिल जिगर में समा भी जा
रहे क्यों नज़र का भी फ़ासला
के तेरे बग़ैर ओ जान-ए-जां
मुझे ज़िन्दगी भी मुहाल है

फ़िल्म : आखिरी दाँव (1958)

चाँद फिर निकला, मगर तुम न आये

चाँद फिर निकला, मगर तुम न आये
जला फिर मेरा दिल, करूँ क्या मैं हाय
चाँद फिर निकला...

ये रात कहती है वो दिन गये तेरे
ये जानता है दिल के तुम नहीं मेरे
खड़ी मैं हूँ फिर भी निगाहें बिछाये
मैं क्या करूँ हाय के तुम याद आये
चाँद फिर निकला...

सुलगते सीने से धुँआ सा उठता है
लो अब चले आओ के दम घुटता है
जला गये तन को बहारों के साये
मैं क्या करूँ हाय के तुम याद आये
चाँद फिर निकला...

फिल्म : पेइंग-गेस्ट (1957)

रहते थे कभी जिनके दिल में

रहते थे कभी जिनके दिल में, हम जान से भी प्यारों की तरह
बैठे हैं उन्हीं के कूंचे में हम, आज गुनहगारों की तरह

दावा था जिन्हें हमदर्दी का, खुद आ के न पूछा हाल कभी
महफ़िल में बुलाया है हमपे हँसने को सितमगारों की तरह

बरसों के सुलगते तन मन पर, अश्कों के तो छिंटे दे न सके
तपते हुए दिल के जख्मों पर, बरसे भी तो अंगारों की तरह

सौ रूप भरे जीने के लिए, बैठे हैं हज़ारों ज़हर पिये
ठोकर न लगाना हम खुद हैं गिरती हुई दीवारों की तरह

फ़िल्म : ममता (1966)

चाहूँगा मैं तुझे साँझ सवेरे

चाहूँगा मैं तुझे साँझ सवेरे
फिर भी कभी अब नाम को तेरे
आवाज़ मैं न दूँगा, आवाज़ मैं न दूँगा

देख मुझे सब है पता
सुनता है तू मन की सदा
मितवा, मेरे यार तुझको बार-बार
आवाज़ मैं न दूँगा...

दर्द भी तू, चैन भी तू
दरस भी तू, नैन भी तू
मितवा, मेरे यार तुझको बार-बार
आवाज़ मैं न दूँगा...

फिल्म : दोस्ती (1964)

पहले सौ बार इधर

पहले सौ बार इधर और उधर देखा है
तब कहीं जाके तुझे एक नज़र देखा है

हम पे हँसती है जो दुनिया, कि उसे ही नहीं
हमने इक शोख़ को, ऐ दीदा-ए-तर, देखा है

आज उस एक नज़र पर मुझे मर जाने दो
उसने, लोगो, बड़ी मुश्किल से इधर देखा है

क्या ग़लत है जो मैं दीवाना हुआ, सच कहना
मेरे महबूब को तुमने भी अगर देखा है!...

फिल्म : एक नज़र (1972)

हमीं करें कोई सूरत

हमीं करें कोई सूरत उन्हें बुलाने की
सुना है, उनको तो आदत है भूल जाने की
हमीं करें...

जफ़ा के नाम पे तुम क्यों संभल के बैठ गये
तुम्हारी बात नहीं, बात है ज़माने की
हमीं करें...

जो हम तक आई, तो कतरा के इस तरह से न जा
निगाहे-नाज़, ये बातें हैं दिल दुखाने की...
हमीं करें...

फिल्म : एक नज़र (1972)

जलते हैं जिसके लिए, तेरी आँखों के दीए

जलते हैं जिसके लिए, तेरी आँखों के दीए
ढूँढ लाया हूँ वही, गीत मैं तेरे लिए

दिल में रख लेना इसे हाथों से ये छूटे न कहीं
गीत नाजुक है मेरा शीशे से भी टूटे न कहीं,
गुनगुनाऊँगा वही गीत मैं तेरे लिए
जलते हैं...

जब तलक न ये तेरे रसके भरे होठों से मिलें
यूँ ही आवारा फिरेगा ये तेरी जुल्फों के तले,
गाए जाऊँगा वही गीत मैं तेरे लिए
जलते हैं...

फिल्म : सुजाता (1959)

मोहब्बत से देखा, ख़फ़ा हो गए

मोहब्बत से देखा ख़फ़ा हो गये
हसीं आजकल के खुदा हो गये

अदाओं में थी सादगी अब से पहले
कहाँ रंग थे ये सुनहरे-रुपहले
नज़र मिलते ही क्या से क्या हो गये
हसीं आजकल के खुदा हो गये

किसी मोड़ से बन के सूरज निकलना
कहीं धूप में चाँदनी बन के चलना
जिधर देखो, जलवानुमा हो गये
हसीं आजकल के खुदा हो गये

यहाँ तो लगा दिल पे इक ज़ख़्म गहरा
वहाँ सिर्फ़ उनका ये अन्दाज़ ठहरा
ख़ता करके भी बेख़ता हो गये
हसीं आजकल के .खुदा हो गये

फ़िल्म : भीगी रात (1965)

पत्थर के सनम

पत्थर के सनम! तुझे हमने मोहब्बत का खुदा माना
बड़ी भूल हुई, अरे हमने, ये क्या समझा, ये क्या जाना

चेहरा तेरा दिल में लिए, चलते रहे अंगारों पर
तू हो कहीं, सिजदे किए, हमने तेरे रुखसारों पर
हम सा न हो कोई दीवाना...

पत्थर के सनम! तुझे हमने मोहब्बत का खुदा माना!...

सोचा था ये, बढ़ जाएँगी, तन्हाइयाँ जब रातों की
रस्ता हमें दिखलाएगी शम्ए-वफ़ा इन आँखों की
ठोकर लगी तब पहचाना...

पत्थर के सनम! तुझे हमने मोहब्बत का खुदा माना!

ऐ काश, के होती ख़बर, तूने किसे ठुकराया है
शीशा नहीं, साग़र नहीं, मन्दिर-सा इक दिल ढाया है—
ये आस्माँ है वीराना!...

पत्थर के सनम! तुझे हमने मोहब्बत का खुदा माना!...
बड़ी भूल हुई...

फिल्म : पत्थर के सनम (1967)

साथी न कोई मंज़िल

साथी न कोई मंज़िल
दीया है न कोई महफ़िल
चला मुझे ले के, ऐ दिल, अकेला कहाँ?...

हमदम मिले कोई कहीं,
ऐसे नसीब ही नहीं
बेदर्द है ज़मीं, दू-ऊ-ऊ-र आस्माँ...

चला मुझे ले के, ऐ दिल, अकेला कहाँ?...

गलियाँ हैं अपने देश की,
फिर भी हैं जैसे अजनबी
किसको कहे कोई अपना यहाँ?...

चला मुझे ले के, ऐ दिल, अकेला कहाँ?...

पत्थर के इनसां मिले,
पत्थर के देवता मिले
शीशे का दिल लिये, जाऊँ कहाँ...

साथी न कोई मंज़िल
दीया है न कोई महफ़िल
चला मुझे ले के, ऐ दिल, अकेला कहाँ?...

फिल्म : बम्बई का बाबू (1960)

तस्वीर तेरी दिल में जिस दिन से उतारी है

तस्वीर तेरी दिल में, जिस दिन से उतारी है
फिरूँ तुझे संग लेके, नये नये रंग लेके
सपनों की महफ़िल में

माथे की बिंदिया तू है सनम, नैनों का कजरा पिया तेरा ग़म
नैन किए नीचे नीचे, रहूँ तेरे पीछे पीछे, चलूँ किसी मंज़िल में

तुम से नज़र जब गई है मिल, जहाँ है कदम तेरे वहीं मेरा दिल
झुके जहाँ पलकें तेरी, खुले जहाँ जुल्फें तेरी, रहूँ उसी मंज़िल में

तूफ़ान उठाएगी दुनिया मगर, रुक न सकेगा दिल का सफ़र
यूँही नज़र मिलती होगी, यूँही शमा जलती होगी, तेरी मेरी मंज़िल में

फिल्म : माया (1961)

तुम बिन जाऊँ कहाँ

तुम बिन जाऊँ कहाँ के दुनिया में आ के
कुछ न फिर चाहा कभी तुमको चाह के

रह भी सकोगे तुम कैसे, हो के मुझसे जुदा
हट जाएँगी दीवारें, सुन के मेरी सदा
आना होगा तुम्हें मेरे लिए, साथी मेरी
सूनी राह के

कितनी अकेली सी पहले थी यही दुनिया
तुमने नज़र जो मिलाई, बस गयी दुनिया
दिल को मिली जो तुम्हारी लगन, दीए जल गये
मेरी आह से

फिल्म : प्यार का मौसम (1969)

अब क्या मिसाल दूँ मैं

अब क्या मिसाल दूँ मैं तुम्हारे शबाब की
इन्सान बन गई है किरन माहताब की

चेहरे में घुल गया है हसीं चाँदनी का नूर
आँखों में चमन की जवान रात का सुरूर
गर्दन है एक झुकी हुई डाली गुलाब की...

गेसू खुले तो शाम के, दिल से धुआँ उठे
छू ले जो क़दम झुक के, तो न फिर आस्माँ उठे
सौ बार झिलमिलाए शमा आफ़ताब की...

दीवारो-दर का रंग ये आँचल ये पैरहन
घर का मेरे चिराग़ है, टूटा-सा ये बदन
तस्वीर हो तुम्हीं मेरे जन्नत के ख्वाब की...

फिल्म : *आरती (1962)*

दर्द की ऐ रात गुज़र जा

दर्द की ऐ रात गुज़र जा
ऐ दिले-बेताब इधर जा
मेरे अरमानों की किरन, किस रोज़ मुँह दिखलायेगी
जिस धुन में है ये कारवां, किस दिन वो मंज़िल आयेगी
कोई कहता है ठहर जा
ऐ दिले-बेताब इधर जा

बहकी-बहकी ठंडी हवा तारों पे आवारा घटा
चांद से पर्दा-सा हटा, यूँ जैसे कोई आ गया
ऐ मेरी दुनिया ठहर जा
ऐ दिले-बेताब इधर जा

आ मेरे महबूब आ इक गीत गाने के लिए
हसरत-ओ-अरमान की दुनिया पे छाने के लिए
दिल मेरा आबाद कर जा
ऐ दिले-बेताब इधर जा

फिल्म : बाग़ी (1953)

तू कहे अगर जीवन भर मैं

तू कहे अगर जीवन-भर मैं गीत सुनाता जाऊं
मन-बीन बजाता जाऊं

और आग मैं अपने दिल की हर दिल में लगाता जाऊं
दुख-दर्द मिटाता जाऊं

मैं साज़ हूं तू सरगम है देती जा सहारे मुझको
मैं राग हूं, तू बीना है, जिस दम तू पुकारे मुझको
आवाज़ में तेरी हरदम आवाज़ मिलाता जाऊं
आकाश पे छाता जाऊं तू कहे अगर...

इन बोलों में तू ही तू है, मैं समझूं या तू जाने
इनमें है कहानी मेरी, इनमें हैं तेरे अफ़साने
तू साज़ उठा उल्फ़त का, मैं झूम के गाता जाऊं
सपनों को जगाता जाऊं, तू कहे अगर...

तू कहे अगर जीवन-भर मैं गीत सुनाता जाऊं

फिल्म : अंदाज़ (1949)

ठंडी हवा काली घटा

ठंडी हवा काली घटा आ ही गई झूम के
प्यार लिए डोले हँसी नाचे जिया घूम के

बैठी थी चुपचाप युंही, दिल की कली चुनके मैं
दिल ने ये क्या बात कही रह न सकी सुनके मैं
मैं जो चली दिल ने कहा और ज़रा झूम के
ठंडी हवा काली घटा आ ही गई झूम के

आज तो मैं अपनी छबि देखकर
जाने क्या सोच रही थी कि हँसी आ गई
लौट गई जफ़ऱ्फ़ मेरी होंट मेरा चूम के
ठंडी हवा काली घटा आ ही गई झूम के

दिल का हर इक तार हिला, छिड़ने लगी रागनी
कजरा भरे नैन लिये, बनके चलूँ कामनी
कह दे कोई आज घटा बरसे ज़रा झूम के
ठंडी हवा काली घटा आ ही गई झूम के

फिल्म : मिस्टर एण्ड मिसिज़ 55 (1955)

न तुम हमें जानो, न हम तुम्हें जानें

न तुम हमें जानो, न हम तुम्हें जानें
मगर लगता है कुछ ऐसा, मेरा हमदम मिल गया

ये मौसम ये रात चुप है,
ये होंठों की बात चुप है
खामोशी सुनाने लगी, है दास्तां
नज़र बन गई है, दिल की जुबां
न तुम हमें...

मुहब्बत के मोड़ पे हम,
मिले सबको छोड़ के हम
धड़कते दिलों का ले के ये कारवां
चले आज दोनों, जाने कहाँ
न तुम हमें...

फिल्म : बात एक रात की (1962)

कोई हमदम न रहा, कोई सहारा न रहा

कोई हमदम न रहा, कोई सहारा न रहा
हम किसी के न रहे, कोई हमारा न रहा

शाम तन्हाई की है, आएगी मंज़िल कैसे
जो मुझे राह दिखाए, वही तारा न रहा
कोई हमदम न रहा...

ऐ नज़ारों न हँसो, मिल न सकूँगा तुमसे
वो मेरे हो न सके, मैं भी तुम्हारा न रहा
कोई हमदम न रहा...

क्या बताऊँ मैं कहाँ, यूँ ही चला जाता हूँ
जो मुझे फिर से बुला ले, वो इशारा न रहा
कोई हमदम न रहा...

फिल्म : झुमरू (1961)

ये रातें, ये मौसम, नदी का किनारा, ये चंचल हवा

ये रातें, ये मौसम, नदी का किनारा, ये चंचल हवा
कहा दो दिलों ने, के मिलकर कभी हम न होंगे जुदा

ये क्या बात है, आज की चाँदनी में
के हम खो गये, प्यार की रागनी में
ये बाँहों में बाँहें, ये बहकी निगाहें
लो आने लगा, ज़िन्दगी का मज़ा
ये रातें, ये मौसम...

सितारों की महफ़िल ने करके इशारा
कहा अब तो सारा जहाँ है तुम्हारा
मोहब्बत जवां हो, खुला आसमां हो
करे कोई दिल आरजू और क्या
ये रातें, ये मौसम...

कसम है तुम्हें, तुम अगर मुझसे रूठे
रहे साँस जब तक ये बंधन न टूटे
तुम्हें दिल दिया है, ये वादा किया है
सनम मैं तुम्हारी रहूंगी सदा
ये रातें, ये मौसम...

फ़िल्म : दिल्ली का ठग (1958)

मेरे जीवन साथी, कली थी मैं तो प्यासी

मेरे जीवन साथी, कली थी मैं तो प्यासी
तूने देखा हुई खिल के बहार

मस्ती नज़र में कल के खुमार की
मुखड़े पे लाली है पिया तेरे प्यार की
खुशबू से तेरी तन को बसा के
लहराऊँ डाली सी तेरे गुलज़ार की

कहाँ का उजाला, अभी वो ही रात है
गोरी गोरी बाँहों पे, जैसे तेरा हाथ है
बजती है चूड़ी तेरी धड़कन से
कानों में अब तक वही तेरी बात है

तुझ को मैं सजना बिंदिया का प्यार दूँ
चुनरी के रंग से घर को संवार दूँ
जुल्फों का गजरा, नैनों का काजल
तेरे नज़राने हैं तुझ पे ही वार दूँ

फिल्म : साथी (1968)

पग ठुमक चलत बल खाये

पग ठुमक चलत बल खाये

    हाए सैयां कैसे धारूं धीर
पायल बाजे न, कोई जागे न, हाए

    हाए सैयां कैसे धारूं धीर

पागल सजनी अपने सजन की

चल नहीं पावे राह मिलन की

कांटा चुभ-चुभ जाए

    हाए सैयां कैसे धारूं धीर
खिली चांदनी जले साजनी, हाए

    हाए सैयां कैसे धारूं धीर

छुप के मिलन चली तुम से जो छलिया

देख के जल गई काली कोयलिया

बैरन शोर मचाए

    हाए सैयां कैसे धारूं धीर
कोई जाने न, बैरन माने न, हाए

    हाए सैयां कैसे धारूं धीर

परबत ऊपर पिया तोरी नगरी

देखत छलकें नैनों की गगरी

पग धरते फिसलाए

    हाए सैयां कैसे धारूं धीर
लिये गागरी फिरूं बावरी, हाए

    हाए सैयां कैसे धारूं धीर

फिल्म : सितारों से आगे (1958)

ऐ लो मैं हारी पिया

ऐ लो मैं हारी पिया, हुई तेरी जीत रे
काहे का झगड़ा बालम नई-नई प्रीत रे
ऐ लो मैं हारी पिया

नये-नये दो नैन मिले हैं नई मुलाक़ात है
मिलते ही तुम रूठ गये जी, ये भी कोई बात है
जाओ जी मुआफ किया तू ही मेरा मीत रे
ऐ लो मैं हारी पिया

हुई तेरी मैं संग चलो जी बैयां मेरी थाम के
बंधी बालम क़िस्मत की डोरी संग तेरे नाम के
लड़ते ही लड़ते मौसम जाए नहीं बीत रे
ऐ लो मैं हारी पिया

फिल्म : आर पार (1954)

कोई आया धड़कन कहती है

कोई आया धड़कन कहती है
रह-रह के पलकों की ये गिरती-उठती चिलमन कहती है
कोई आया......

होने लगीं किसी की आहट की गुलकारियाँ
परवाना बन के उड़ीं दिल की चिनगारियाँ
झूम गया झिलमिलाता दिया
कोई आया......

चाँद हँसा ले के दरपन मेरे सामने
घबरा के मैं लट उलझी लगी थामने
छेड़ गई मुझे चंचल हवा
कोई आया......

आ ही गया मीठी-मीठी-सी उलझन लिये
खो ही गई मैं तो शर्माई चितवन लिये
गोरे बदन से पसीना बहा
कोई आया......

फिल्म : लाजवन्ती (1958)

है अपना दिल तो आवारा

है अपना दिल तो आवारा
न जाने किसपे आएगा
हसीनों ने बुलाया, गले से भी लगाया
बहुत समझाया, यही न समझा
बहुत भोला है बेचारा
न जाने किसपे...

अजब है दीवाना, न घर न ठिकाना
ज़मीं से बेगाना, फलक से जुदा
ये एक टूटा हुआ तारा
न जाने किसपे...

ज़माना देखा सारा, है सब का सहारा
ये दिल ही हमारा, हुआ न किसी का
सफ़र में है ये बंजारा
न जाने किसपे...

हुआ जो कभी राज़ी, तो मिला नहीं काज़ी
जहाँ पे लगी बाज़ी, वहीं पे हारा
ज़माने भर का नाकारा
न जाने किसपे...

फ़िल्म : सोलहवाँ साल (1958)

झूम झूम के नाचो आज

झूम-झूम के नाचो आज गाओ खुशी के गीत
आज किसी की हार हुई है आज किसी की जीत
गाओ खुशी के गीत

कोई किसी की आंख का तारा, जीवन-साथी साजन प्यारा
और कोई तक़दीर का मारा, ढूंढ रहा है दिल का सहारा
किसी को दिल का दर्द मिला है, किसी को मन का मीत
गाओ खुशी के गीत

देखो तो कितना खुश है ज़माना दिल में उमंगें मन में तराना
दिल जो दुखे आंसू न बहाना ये तो यहां का ढंग पुराना
इसको मिटाना उसको बनाना इस नगरी की रीत
गाओ खुशी के गीत

फिल्म : अंदाज़ (1949)

छुपा लो यूँ दिल में प्यार मेरा

छुपा लो यूँ दिल में प्यार मेरा
के जैसे मंदिर में लौ दीए की

तुम अपने चरणों में रख लो मुझको
तुम्हारे चरणों का फूल हूँ मैं
मैं सर झुकाए खड़ी हूँ प्रीतम
के जैसे मंदिर में लौ दीए की

ये सच है जीना था पाप तुम बिन
ये पाप मैंने किया है अब तक
मगर है मन में छवि तुम्हारी
के जैसे मंदिर में लौ दीए की

फिर आग बिरहा की मत लगाना
के जलके मैं राख हो चुकी हूँ
ये राख माथे पे मैंने रख ली
के जैसे मंदिर में लौ दीए की

फिल्म : ममता (1966)

हुई शाम उनका खयाल आ गया

हुई शाम उनका खयाल आ गया
वही ज़िन्दगी का सवाल आ गया

अभी तक तो होंठों पे था
तबस्सुम का एक सिलसिला
बहुत शादमाँ थे हम उनको भुला कर
अचानक ये क्या हो गया
के चेहरे पे रंग-ए-मलाल आ गया
हुई शाम उनका...

हमें तो यही था गुरूर
ग़म-ए-यार है हमसे दूर
वही ग़म जिसे हमने किस-किस जतन से
निकाला था इस दिल से दूर
वो चलकर क़यामत की चाल आ गया
हुई शाम उनका...

फिल्म : मेरे हमदम मेरे दोस्त (1968)

रुक जाना नहीं तू कहीं हार के

रुक जाना नहीं तू कहीं हार के
कांटों पे चल के मिलेंगे साये बहार के
ओ राही, ओ राही

नैन आँसू जो लिये हैं, ये राहों के दिये हैं
लोगों को उनका सब कुछ देके
तू तो चला था सपने ही लेके
कोई नहीं तो तेरे अपने हैं सपने ये प्यार के

सूरज देख रुक गया है, तेरे आगे झुक गया है
जब कभी ऐसे कोई मस्ताना
निकले है अपनी धुन में दीवाना
शाम सुहानी बन जाते हैं दिन इंतज़ार के

साथी न कारवाँ है, ये तेरा इम्तिहान है
यूँ ही चला चल दिल के सहारे
करती है मंज़िल तुझ को इशारे
देख कहीं कोई रोक नहीं ले तुझको पुकार के

फिल्म : इम्तिहान (1974)

हम हैं राही प्यार के

हम हैं राही प्यार के, हम से कुछ न बोलिये
जो भी प्यार से मिला, हम उसी के हो लिये

दर्द भी हमें क़ुबूल, चैन भी हमें क़ुबूल
हम ने हर तरह के फूल हार में पिरो लिये

धूप थी नसीब में धूप में लिया है दम
चाँदनी मिली तो हम चाँदनी में सो लिये

दिल पे आसरा किये हम तो बस युँही जिये
इक क़दम पे हँस लिये इक क़दम पे रो लिये

राह में पड़े हैं हम कब से आपकी क़सम
देखिये तो कम से कम बोलिये न बोलिये
हम हैं राही प्यार के

फिल्म : नौ दो ग्यारह (1957)

अब तो है तुमसे, हर खुशी अपनी

अब तो है तुमसे, हर खुशी अपनी
तुमपे मरना है ज़िन्दगी अपनी

जब हो गया तुमपे ये दिल दीवाना
फिर चाहे जो भी कहे हमको ज़माना
कोई बनाये बातें चाहे अब जितनी

तेरे प्यार में बदनाम दूर दूर हो गए
तेरे साथ हम भी सनम मशहूर हो गए
देखो कहाँ ले जाए बेखुदी अपनी

फिल्म : अभिमान (1973)

चुरा लिया है तुमने जो दिल को

चुरा लिया है तुमने जो दिल को

नज़र नहीं चुराना सनम

बदल के मेरी तुम ज़िन्दगानी

कहीं बदल न जाना सनम

ले लिया दिल, हाय मेरा दिल

हाय दिल लेकर मुझको न बहलाना

चुरा लिया है तुमने जो दिल को...

बहार बन के आऊँ, कभी तुम्हारी दुनिया में

गुजर न जाए ये दिन, कहीं इसी तमन्ना में

तुम मेरे हो, हो तुम मेरे हो

आज तुम इतना वादा करते जाना

चुरा लिया है तुमने जो दिल को...

सजाऊँगा लुट कर भी, तेरे बदन की डाली को

लहू जिगर का दूँगा, हँसी लबों की लाली को

है वफ़ा क्या, इस जहाँ को

एक दिन दिखला दूँगा मैं दीवाना

चुरा लिया है तुमने जो दिल को...

फिल्म : यादों की बारात (1973)

पहला नशा पहला खुमार

चाहे तुम कुछ न कहो, मैंने सुन लिया
के साथी प्यार का मुझे चुन लिया, चुन लिया

पहला नशा, पहला खुमार
नया प्यार है, नया इंतज़ार
कर लूँ मैं क्या अपना हाल, ऐ दिल-ए-बेकरार
मेरे दिल-ए-बेकरार, तू ही बता

उड़ता ही फिरूँ इन हवाओं में कहीं
या मैं झूल जाऊँ इन घटाओं में कहीं
एक कर दूँ आसमान और ज़मीं
कहो यारों क्या करूँ, क्या नहीं

उसने बात की कुछ ऐसे ढंग से
सपने दे गया वो हज़ारों रंग के
रह जाऊँ जैसे मैं हार के
और चूमे वो मुझे प्यार से

फिल्म : जो जीता वही सिकन्दर (1992)

पापा कहते हैं बड़ा नाम करेगा

पापा कहते हैं बड़ा नाम करेगा
बेटा हमारा ऐसा काम करेगा
मगर ये तो, कोई न जाने कि मेरी मंज़िल है कहाँ...
पापा कहते हैं बड़ा नाम करेगा

बैठे हैं मिल के, सब यार अपने
सबके दिलों में, अरमां ये है
वो ज़िन्दगी में, कल क्या बनेगा
हर इक नज़र का, सपना ये है...
कोई इंजीनियर का काम करेगा
बिज़नस में कोई अपना नाम करेगा
मगर ये तो कोई न जाने कि मेरी मंज़िल है कहाँ...
पापा कहते हैं बड़ा नाम करेगा

मेरा तो सपना, है एक चेहरा
देखे जो उसको, झूमे बहार
गालों में खिलती, कलियों का मौसम
आँखों में जादू, होठों में प्यार
बन्दा ये खूबसूरत काम करेगा
दिल की दुनिया में अपना नाम करेगा
मेरी नज़र से देखो तो यारों कि मेरी मंज़िल है कहाँ...
पापा कहते हैं बड़ा नाम करेगा

फिल्म : क़यामत से क़यामत तक (1996)

❑❑❑